欠陥品の文殊使いは最強の希少職でした。

kekkanhin no monjyutsukai wa saikyou no kisyousyoku deshita

3

Toryuunotsuki
登龍乃月
Illustration
我美蘭

主な登場人物
Main Characters
クライシス
かつて世界を救った
伝説の大魔導師。本名は
クライスラー・ウインテッドボルト。
フィガロの魔素の影響で
若返った。
リッチモンド
二百年前に死亡し
アンデッド化した青年。
クライシスの魔法で
人間の姿を取り戻す。
フィガロ
本編の主人公。
魔法が使えず勘当されたものの、
クライシスのもとで
秘められた力に目覚める。

オルカ
ランチア自由冒険組合の
総括支部長。
義理人情に厚く、
荒くれ者にも慕われる。
シャルルル
ランチア守護王国の王女。
刺客の襲撃に遭うも、
フィガロに命を救われる。
シャルルル狐
シャルルルが使役する
シキガミ。
人型にも変身可能。
クーガ
フィガロの力で
変異した魔獣。
高い知能と戦闘力を
併せ持つ。

冒険者として登録するため、俺――フィガロは、自由冒険組合ランチア支部所を訪れていた。

総括支部長オルカとの面談を経《へ》て、演武場へ移動。そこで魔法の適性試験をクリアした俺は、特例が認められ、剣技試験抜きで別室へ通された。

通された部屋は簡素な造りになっていて、石床《いしどこ》やレンガで作られた壁が剥《む》き出しになっている。

中央に事務机が置いてあり、机と向かい合わせに木製の椅子が四脚置いてあった。

年季が入った色合いの事務机の前には、自由冒険組合の事務官であろう人物が座っており、書類を睨《にら》んでいた。

事務官は眼鏡をかけた、感じの良い青年だった。俺が入室すると、柔和《にゅうわ》な笑みを浮かべてくれる。

「こんにちは」

「こんにちは、よろしくお願いします」

俺が着席すると、青年は簡単な挨拶《あいさつ》の後、自由冒険組合の規則や注意事項の説明を始めた。

低等級でいる間は、色々と細かい制限が多いらしい。

自分の実力をきちんと把握する必要性や、油断しているとモンスターに殺されてしまうという基本的な心構え。

また、個人的に受けた依頼は自由冒険組合の補償や優待などの対象外であることや、相応《ふさわ》しくないと判断された場合は、等級の剥奪《はくだつ》、降格もありえることなど。

駆け出しの冒険者にはありがたいお話だった。

他にも、冒険者には【八つの遵奉《じゅんぽう》】という規律があり、それを遵守《じゅんしゅ》せよ、と言われた。

驕《おご》り高ぶるなかれ
勇気と蛮勇《ばんゆう》を取り違えるなかれ
弱者には手を差し伸べよ
正直であれ
名声を求めるなかれ
冒険を敬愛せよ
未知への貪欲《どんよく》さを忘れるべからず
不要な殺戮《さつりく》は控えるべし

これらが【八つの遵奉】だった。

規則の説明を受けた後は登録の書類に記入した。そして、「良い冒険を」と事務官から鉛色に鈍く光る十等級《ルーキー》のタグを受け取った。

簡単に整理すると、自由冒険組合には等級という制度がある。

十等級《ルーキー》から一等級《エース》、一等級《エース》から上は、銀等級《シルバー》、白金等級《プラチナム》、ミスリルに上がっていく。

一等級《エース》まではゴロゴロいて、銀等級《シルバー》、白金等級《プラチナム》、ミスリル、と上がるにつれ、その数も減っていく。

そしてアダマンタイト、ヒヒイロカネの冒険者はほとんど存在しない。伝説的、英雄的な強さを持ち、冒険者の頂《いただき》にいる、皆の憧《あこが》れのような存在らしい。

ランチア支部には銀等級《シルバー》、白金等級《プラチナム》やミスリルこそ在籍しているものの、それ以上の境地に至る冒険者は、まだ一人も出ていないそうだ。

目安ではあるが、隣国で剣聖と呼ばれる人物——つまり俺の兄様、ルシウス・アルウィンがヒヒイロカネと同程度だと言われている。

さて、依頼に関しては、事故や人的被害を防ぐために、適正等級以上の依頼は受けられないようになっている。それでも、自分の実力を過信した冒険者による死亡事故が後を絶たないのだとか。

一週間に一度、実技と面談による昇級試験が行われ、合格すれば一つ上の等級へ昇格する仕組みらしい。

自由冒険組合が斡旋《あっせん》する依頼は、大きく分けると討伐系《コンクエスト》と採集系《サーチ》の二つ。

討伐系《コンクエスト》は、害となるモンスターや異常繁殖してしまったモンスターを対象にする討伐依頼や、武具や装飾品、特殊な薬品などに使うモンスターの素材を集める狩猟依頼がある。

採集系《サーチ》は、回復薬やその他一般薬の原料となる様々な薬草や植物を探したり、昆虫類や特殊な木材など依頼に応じた素材を集めたりする依頼が多い。

中には鉱山に潜り鉱石などを掘る、などの冒険者とは無縁そうな依頼もあり、その依頼の種類はかなり多岐《たき》にわたる。

聞くところによれば、採集系《サーチ》の依頼だけをやっていても生活には困らないのだそうで、それ専門のパーティもいるらしい。

基本的に自分の等級内であれば、どのような依頼を受けても構わないが、組合が危険だと判断した場合、人員追加を指示される事もあるんだとか。

これも冒険者の命を守る措置なのだろう。

人員追加を断って無理やり依頼先へ行った結果、無残にも全滅、というケースが多いため、基本的に断る冒険者はいないらしい。

命大事に、ってことだな。

帰ってくればまた行ける、帰れなければ……そこで人生が終わるのだから。

依頼を受け、そのモンスターから取れる素材や、依頼された品物以外の素材は、組合に併設されている素材管理部が、優先的に買い取ってくれる仕組みになっている。

素材にはランクがあり、高ランクの物は高値で取引されている。

その中で高品質と見なされるのは、状態のいい物や付加価値のある物、希少な物など。

剥《は》ぎ取りで得られる素材は、剥ぎ取りの技術が問われるため、価格の変動が大きいそうだ。

依頼などでパーティを組みたい場合はどの職と組みたいか、条件、報酬の振り分けなど、細々した項目を申請書に記入し、組合の依頼掲示板に張り出せばいい。

◇　◇　◇

「やぁ、おかえりフィガロ。登録は無事終了したようだな。最後に、例の従魔を見せてもらいたいのだが」

冒険者としての説明を受けた後、俺は最初に案内された部屋に戻ってきていた。

どうやらこの部屋は、オルカ支部長の執務室兼私室になっているらしい。

天井の高さも部屋の広さ的にも、ここでクーガを出しても問題はなさそうだ。

「分かりました。では少し離れていてください、私の従魔は結構大きいので」

「あい分かった。ここらでいいかね？」

オルカ支部長は窓際まで下がり、広背筋を見せ付けながらポージングをキメた。

「だ、大丈夫かと。クーガ、出てこい」

『オン！』

いつも通りに影の中から出てきたクーガは一度俺の周りをぐるりと回り、左隣に座って落ち着いた。

『マスター、あの岩のモンスターは？』

「あの人は自由冒険組合の偉《えら》い人だ。礼儀正しくしような」

『は、マスターの仰せのままに』

「喋《しゃべ》った……？　は……はは……こりゃすごい……」

オルカはクーガの姿を目の当たりにするとポージングをやめ、引きつった表情でクーガを見つめていた。

対してクーガは尻尾をゆっくりと床に打ち付けて、オルカの様子を窺《うかが》っているようだった。

「なるほど……こいつは大した従魔だ……大きさもそうだが、貫禄というか実力に裏打ちされた自信というか、大物感がすごいな……これでは私でも勝てるかどうか……ううむ……これほどの魔獣を使役《しえき》するとは、さすがは陛下に認められた男という事だな」

呆気《あっけ》に取られた顔をしていたオルカだが、途中で腕を組み、値踏みするようにクーガの体を眺め始めた。

「ありがとうございます。こいつは知能も高いですし、オルカ支部長に勝てるかどうかは分かりませんが、戦闘能力も高いです。ちなみに今連れているのはこのクーガだけなのですが、もう一体従魔がおりまして」

「何ぃ!?　そいつもこの従魔と同程度なのか!?」

「あ、いえ、もう一体は小さいです。多分」

こう伝えておけば、王女であるシャルルの使用するシキガミを、俺のもう一体の従魔としてオルカは認識するだろう。

まだ、使役魔法の使い手であるアルピナからシキガミを借りる許可を得ていないが、ダメだったらダメで、俺のバルムンクを見せればいいだけだ。

「多分……？　まぁ出来れば今日連れてきて欲しかったのだがな……いないというなら仕方ない。よし、陛下の書面にある通り、従魔の使役を認めよう。ただし従魔専用の鐙《あぶみ》と鞍《くら》をつけるようにしてくれ。そうすれば街中でも騎乗してかまわん。ルシオ君の所であれば取り扱っているだろう。このランチアには従魔を使役する冒険者はいないから、特注になるだろうがな」

複雑な表情をしながらオルカが椅子に腰を下ろし、革張りの椅子はギシギシと悲鳴を上げてオルカの巨体を受け止める。

ゴーレムのような巨体が椅子にちょこんと納まる様は、少し可愛らしくも見えた。

しかし特注か……お金、どれくらい必要なんだろう。

「あの……つかぬ事をお聞きするのですが、特注だといくらぐらいかかるのでしょうか……？」

「うーむ。素材を全て自分で揃えるなら……鞍だけであれば金貨二枚くらいだと思うぞ？　そこらへんはルシオ君と相談してみるといい」

「金貨二枚……ですか……」

「なぁに十等級《ルーキー》でも一週間ほど死ぬ気で依頼をこなせば金貨の一枚や二枚、容易《たやす》い容易い！」

「はぁ……分かりました……」

『鞍？　とは何でしょうかマスター』

俺とオルカが話している間、静かにしていたクーガが首を傾げながら尋ねてきた。

「移動用の獣に乗る場合につける、装具みたいなもんだよ。それがあれば街中を堂々と歩けるんだぞ？　まぁ俺を乗せている場合という限定条件だけどな」

『装具！　この私にも装具をいただけるというのですか!?　何という素晴らしき事か！　感謝の極みにございます!!　ウォウ！　ウォォオーーン！』

俺の言葉が余程嬉しかったのか、何度も小刻みに遠吠《とおぼ》えを繰り返して歓喜を表すクーガ。最後に出した声は、先日王宮で出したものとはかけ離れた野太く雄々しい哮《たけ》りだった。

尻尾ははち切れんばかりにグルングルンとすごい速度で回転。床に当たる度に、バタンバタン！と大きな音が鳴った。

その音に紛れてガタン、という音が鳴り、音がした方を向けば、座っていたオルカが椅子を蹴り倒して、身構えているのが見えた。

「おいおい……思わず立ってしまったが……フィガロ！　よっぽど嬉しかったのか知らんが、クーガ君に少し限度ってものを教えてくれないか！　威嚇《いかく》などではないのだろうが、闘気がビンビン伝わってきて思わず身構えてしまったぞ」

「す、すみません。おいクーガ！　聞こえたろ！　遠吠えをやめろ！」

『はっ！　大変お見苦しいところをお見せいたしました。申し訳ございません』

「ふぅ……ありがとう、クーガ君。年甲斐《としがい》もなく取り乱してしまった。見苦しい姿を見せたのは私も同じだ、許してくれ。クーガ君は力のセーブというものを覚えるように。フィガロも同じだ。分かったな？」

額の汗を拭う仕草をしながらオルカが言った。

俺とクーガが頷《うなず》いた直後、廊下《ろうか》から大勢の走る足音がこちらに向かっているのが聞こえた。

「支部長！　ご無事ですか！」

「オルカさん！」

「しぶちょぉお！」

「支部長はん大丈夫かいな⁉」

「敵襲……？」

廊下を走る足音はみるみる大きくなり、声を荒らげながら、五人の男女が扉を蹴破るように突入してきた。男女は恐らく冒険者達のパーティだろう。

軽装備で身を固めている男や魔導師風の少女、ハンターらしき風体の女性などが皆それぞれに武器を持ち、血相を変えていた。

「なんだお前達！　この部屋には無断での入室を禁じているだろう！　それに武器など持ち出して何を考えているんだ！」

入ってきた五人の男女を、開口一番で怒鳴り付けるオルカ。俺とクーガは状況を掴めずに、呆気に取られてその光景を見ていた。

「な！　モンスター!?　どうしてこんな所に！」

「でっかい狼……！　こんなモンスター知らないわよ！」

「ただ座っているだけなのに……何だこの狼から感じるプレッシャーは！」

突然慌ただしくなった室内でどうしていいか分からず、俺とクーガは固まってしまった。

「静かにしろ！　騒々しい！　この狼はこの少年の従魔だ！　武器をしまえ！」

オルカの怒号が飛び、飛び込んできた冒険者達はたじろぎながらも武器をしまう。

だが目線はきっちりと俺とクーガに向けられていて、どうにも居心地が悪い。

「突然遠吠えが聞こえたと思ったら、下の階までとんでもない殺気のような波動が流れ込んできたんだ。低等級の冒険者達なんて泡吹いて倒れちまった！」

どうやらクーガのテンションを振り切った遠吠えが、階下でとんでもない事態を引き起こしてしまったらしい。

クーガを横目で見ると、申し訳なさそうに耳を伏せて項垂《うなだ》れている。

力のセーブ、覚えような。

「今の遠吠えはこのフィガロ君の従魔、クーガ君が発したものだ。害はない、ちょっと力の加減を間違えただけだ」

「従魔……ですって⁉」

魔法使い風の少女が、驚愕しながら言った。

「これが……従魔の放つ力のプレッシャーなのか……信じられない」

「でも綺麗《きれい》な毛並みや……体毛の模様もエラいカッコええなあ」

「見てあの瞳、気高い魂《たましい》の輝きに満ち溢《あふ》れているわ」

「あの丸太のような四肢、オルカ支部長にも負けず劣らずの強靭《きょうじん》さに違いない」

「この少年がこの従魔の主ですって？　まだ子供じゃないの」

入口に陣取っている冒険者達が、クーガを見た感想を次々と口にする。いや、まぁもう子供扱いされるのは慣れたからいいけどさ。

『マスター、あの女、マスターを子供扱いしております。噛み殺してもいいでしょうか』

「やめてくれ、不必要なトラブル起こしてどーすんだよ。ここは穏便にいくんだ、元はと言えばお前が調子に乗るからいけないんだぞ」

『ぬぐ……面目《めんぼく》次第もございません……』

クーガが俺の耳にそっと口を寄せ、物騒な事を言い出したので少し強めに注意してしまった。

それに成人していると言っても、まだ世間的に見れば子供だという事には変わりない。

ましてや俺を子供と言ったのは、俺よりも一回りは年上そうなお姉さんだ。こればかりは致し方ないだろう。

「詳しいことは後で話す、今は下がれ。階下で倒れた者達の手助けをしてこい」

「だが支部長さん！」

「いいから行けと言っている！」

一際大きい怒号が飛ぶと、集まった冒険者達は仕方なさそうに扉を閉めて出て行った。

扉が閉まり切って数秒の後、深いため息がオルカの口から出た。

「全《まった》く……クーガ君。力の加減を誤るとこういったトラブルにもなりやすい。分かってくれたか？」

『理解いたしました。今後は気をつける所存です。マスターへもご迷惑をおかけしてしまい申し訳ありませんでした』

そう言うと、クーガはクーンと小さく鳴き、床に伏せて、下を向いてしまった。

勢いよく振られていた尻尾も股の間にしまわれており、完全に意気消沈してしまっている。

ここまでしょぼくれられると、逆にこっちが悪いかのような錯覚に陥《おちい》ってしまう。

「大丈夫、ちゃんとクーガに色々教えなかった俺が悪いよ。そして申し訳ありませんでしたオルカ支部長」

「うむ。あの冒険者達は白金等級《プラチナム》の者達で、なかなかの熟達者達だ。ゆえにあのような行動を取ってしまったのだろう。仕方がないので許して欲しい。皆には私の方から説明しておくから、今後、こういった事がないようにしてくれよ？　だがまぁ今回の件で、冒険者の中に従魔の遠吠えで気を失うレベルの輩《やから》が多いと分かった。これは今一度、昇格試験などの見直しを考えるべきだな」

オルカは声のトーンを通常に戻し、諭《さと》すように言ってくれた。

こうして、低等級とはいえ、冒険者達を遠吠え一発で失神に追い込んでしまったクーガの、華々しいお披露目《ひろめ》が終わったのだった。

◇　◇　◇

騒動の後、オルカから解放された俺はクーガを影に入れて、階下の依頼掲示板の前に来ていた。

白金等級《プラチナム》の冒険者に顔を知られてしまったのと、遠吠えで失神者が出てしまったという理由で、装具をつけるまでは組合内に入れる事を禁じられてしまった。

他国と違い、従魔の存在が浸透していないランチアでは怖がる一般人もいるので、鐙と鞍などの装具が出来るまでは外に出すな、とも言われた。

屋敷が拠点になると話したところ、庭先に出して、ご近所にクーガの顔を売っておけとも言われた。

そんなに神経質になるほどの事なのか？　とも思ったが、とりあえずは言われた通りにするつもりだ。

この世界には獣人《ビースト》や亜人《デミ》、巨人族《ギガンテス》などの別種族も存在するが、ランチアの街中でそう言った人種を見かけるのは珍しく、そのほとんどが冒険者に身をやつしている。

冒険者の中にも従魔を使役する者はいないので、街中に大型のモンスターが闊歩《かっぽ》するという事態がない。それゆえの処置なのだろう。

ランチア守護王国に在住するのは、ほぼほぼ通常人種《ノーマル》だ。

かと言って他種族に対しての差別用語や卑下《ひげ》する言動も見聞きした事がないし、少なからず他人種もいるので、通常人種《ノーマル》至上主義というわけでもなさそうだった。

「さてさて……何だかんだあったけど、無事に十等級《ルーキー》のタグももらったし、早速依頼を見てみよう。何があるかな……とりあえずご飯食べたいから、サクッと串焼きが食べれるくらいのお仕事は……」

実のところ、起きてから今まで何も口にしていないのでお腹の虫が鳴りっぱなしなのだ。

先に依頼を受けてお腹を満たし、その後ルシオのいるタルタロス武具店へ。クーガの鐙と鞍の話をして、トワイライトに寄ってシキガミについての相談をする予定だ。

今後の予定を組みながら首元に揺れる、鉛色に鈍く光る小さいタグを指で弄《もてあそ》び、依頼が張り出された掲示板に目を通す。

迷子の犬探し、人探し、どぶさらい、草むしり……散歩代行……なんだこれ？

十等級《ルーキー》が受けられる依頼って、こんなものしかないのか？

理想と現実のギャップに頬を引きつらせながら依頼書を見ていると、良さげな案件を見つけた。

「害虫駆除、か……対象は【ジャイアントクインビー】。これにするか」

掲示板の下の方に張り出されていたそれを剥がして詳細に目を通す。

「屋敷の裏庭に巣食ったジャイアントクインビーを処理して欲しい……成功報酬は銀貨一枚。なお、巣にいると思われる幼虫の捕獲数だけ銅貨をプラス⁉　これは熱いんじゃないか？　銅貨一枚で串焼き一ダースは買える！　銀貨一枚で銅貨十枚分だったよな……うおおおお！　串焼きが百二十本も食えるぞ‼　冒険者万歳！」

依頼書を手に小躍りしつつ受付へと並ぶ。

今の時間は人が少ないのか、すぐに順番は回ってきた。

「あら、フィガロ様……さん……えっと、合格おめでとう、初仕事ね？　オルカ支部長から話は聞いているわ。詳しい事は教えてくれなかったけど貴方のことは一介の冒険者として扱えと言われているわ。もちろん王家の書面を持っていた事は内密にしておけと厳命されているから安心してちょうだい？　さぁさぁそれじゃ……えっと……クインビーね、支部長いわく貴方、可愛い顔してミスリル以上の素質を持っているらしいじゃない？　十等級《ルーキー》から一等級《エース》までのお仕事に関しては、ソロでも問題ないと太鼓判を押されているわ。人員などは気にせず好きな依頼を受けて行ってね。あぁ、もちろんその等級にあったものじゃないとダメだけれどね？」

「あはは……ありがとうございます」

「この依頼は組合に報告しないでいいわよ。報酬は依頼主から直接支払われるタイプだからね、それじゃ行ってらっしゃい」

「はい！　行ってまいりますお姉様！」

「やだ……お姉様だなんて……」

照れ臭そうにはにかむ受付嬢から依頼主の家までの地図をもらい、建物を出て意気揚々と道を歩く。

太陽は大空の頂点を過ぎ、だんだんと沈みかけている。

急いで依頼をこなせば、閉店ギリギリにはタルタロス武具店に行けるだろう。

腹の虫がたまに鳴るが、気にせずに地図を頼りにずんずんと歩いていった。

今までは分からなかったが、往来する人々の中に冒険者の姿をちらほらと見かける事が多い。首元に揺れる等級タグがその証だ。

「思ったより出歩いているもんなんだなぁ……」

冒険者だって食事をするし、買い物もする、娯楽だって楽しむ、考えてみれば当たり前の事なのだが、今では何事も新鮮に見えて楽しくて仕方がない。

こんにちはニューワールド、こんにちは冒険者。

「ここか……屋敷でっか……さすが伯爵家。佇まいが違うわな……」

テクテクと道を歩き、辿り着いたのは七区画にある伯爵家の前。俺の屋敷の倍はあろうかという敷地の広さ、敷地は全て塀で囲まれていて、中の様子は門からでしか分からない。

アルウィン家は公爵位ではあったけれど、家自体はそこまで大きくなかった。

それでも俺の屋敷よりかは大きかったけれど、目の前に広がる伯爵家ほどではない。

「どうかしましたか？」

俺が門の前で立ち尽くしていると門番が怪訝《けげん》な顔をして尋ねてきた。地図を持って口を開けながら見上げている人が門の前にいたらそりゃ怪しむ。無理もない。

「はい、自由冒険組合から依頼を受けて来ましたフィガロと申します。ご依頼の件で伯爵様に御目通りをお願いしたいのですが、よろしいでしょうか？」

「なるほど。フィガロさんですね……ちょっと待ってってください」

門番は門のそばにある小型の箱に向けて何かを喋っている。あれはアルウィン家にもあった箱形の通信用魔道具で、短距離の即時通信を可能にする物だ。原理はウィスパーリングと同じだ。

「お入りください。ご案内いたします」

「はい、お手数おかけしますがよろしくお願いいたします」

中の人物に了承を得たのだろう。門番は門を開け、俺がくぐるとすぐに施錠して元の位置へ戻った。屋敷の方へ目を向けると、伯爵家の執事が屋敷からこちらに歩いてくるのが見えた。

執事に屋敷の中へと案内され、ラウンジのソファへと通された。

「こちらでお待ちください」

室内は白と茶色で統一されており、家具や階段など、木で出来た物は全て無垢材で構成されていて主人のこだわりを感じさせる。ソファはやや柔らかめに作られており、長く座っていても疲れを感じさせない、上質な一品だという事が分かる。

「お待たせして申し訳ないフィガロ殿！　ちょっとバタバタしていたものでな。おい！　何をしている！　フィガロ殿にお茶も出さんのか！」

おかしい。

なんだか俺を知っているような口ぶりだ。

伯爵であろう人物はちょび髭を生やした痩躯《そうく》の男性だが、俺の記憶にはない人物だった。

自由冒険組合の、しかも十等級《ルーキー》の相手にここまでするだろうか？

と俺が疑問に思っていたところで、メイドが紅茶を目の前のテーブルへ置いた。ふわりと漂う品のいい香りに思わず笑みがこぼれる。

「これは……カモミールの葉ですね……？　とても上質な良い香りです」

「ほう！　フィガロ殿は茶葉にもお詳しいか！　あれほどの強さに加えてお茶を嗜《たしな》む教養をお持ちとは……いやはや、うちの者が失礼いたしました」

あれほどの強さ……？

誰かと間違えているのではないだろうか。

「あ、いえ！　これはたまたま！」

「ご謙遜を。いやしかしフィガロ殿、メイドの格好とは違って今日はキリッとされておりますなぁ！

本来はそちらが普段のお召し物ですかな？」

「ぶっふぉあ」

伯爵の爆弾発言に、飲もうと口に含んだ紅茶を思い切り噴き出してしまった。

今、なんと言った？　メイドと言ったか？

「おやおや、大丈夫ですか？　湯気でむせられたのですか」

吹き出してしまった紅茶をメイドが丁寧に拭き取ってくれるのを見ながら、背中に変な汗が吹き出てくるのを感じた。

「い、いえ……あの、メイド、って」

「祝勝パーティの時ですよ！　我らの危機に颯爽《さっそう》と立ち上がり、悪魔将軍に臆《おく》しもせずに挑む勇猛果敢さ。今思い出しても惚《ほ》れ惚《ぼ》れいたしますなぁ。ぜひうちの息子に、一度会っていただきたいものですよ。今はパートナーはいらっしゃるのですか？」

伯爵の一言一言に、汗が増していくのを感じる。

あの会場にいたのか……。

祝勝パーティには国の重鎮《じゅうちん》が多く呼ばれている、と俺についてくれたメイドのレミーが言っていたことを思い出す。

もはや、触れないで欲しい黒歴史を鷲掴《わしづか》みされているような気分だ。しかも未だに、俺が女だと思っているらしい。

「あ、あはは……ま、まぁそんな事もあり、ありゃんしたねえ！　あははは！　ほ、ほら！　そんな事より私ゃあジャイアントクインビーの処理が銀貨でそれがアレでございましてですね!?」

冷静に話そうと思えば思うほど、口が離反して訳の分からない事を口走っていく。どうやら結構なメンタルブレイク具合らしい。

「はっはっは！　フィガロ殿は強く可愛らしい上に、教養とユーモアもお持ちの様子。フィガロ殿に、ジャイアントクインビーの始末のような雑務はもったいない。他の冒険者にやらせますので、どうでしょう？　今晩あたりうちの息子も交えてお食事など」

この伯爵はダメだ。自由冒険組合の十等級冒険者《ルーキー》としてじゃなく、あの時のフィガロとしか俺を見ていない。

このままでは埒《らち》が明かない。

ぐわんぐわんと揺れる視界の中で、必死に断るための言葉と言い訳を探す。

しかし俺の意思から離反した口は話すことも放棄したらしく、ただパクパクと動くのみだった。

「あの！　お誘いは大変嬉しいのですが、今晩はドライゼン王に謁見しなければならないので！　はい！　あと冒険者としての初仕事ですので、出来ればサクッとパパッと終わらせたくですね！　はい！」

必死の思いで紡《つむ》ぎ出した言葉は、ドライゼン王の威を借りたなんとも中身のない言い訳だった。

「なんと……陛下との謁見がおありでしたか……それは残念です。であればぜひ別の機会にでも」

「はい、残念ですね！　ははは……」

「分かりました。依頼されたお仕事を完遂しようとするそのお心意気、しかと受け止めました。おい、フィガロ殿をあの場所へご案内するんだ。くれぐれも失礼のないようにな」

なんとか伯爵から解放され、裏庭へと案内された。

裏庭も敷地に比例してかなり広く、大きな池があったり小さな果樹園のような場所も見受けられたりした。

「すごいですね」

「はい、伯爵様は庭いじりがお好きな方でして、果樹の剪定などもご自分で行っているのですよ。先ほどお出ししたハーブティーのハーブも、この庭で栽培《さいばい》されているのですよ？」

「そうなんですか⁉　自家栽培とは凝ってますね……」

クインビーの巣まではそれなりに距離があった。無言というのも気まずいので、庭に敷かれた砂利道を歩きながら、メイドと話をしてみる。

庭に植えられた木々や草花には管理が行き届いているようだ。

しっかりとトリミングされ、緻密な計算のもと配置された美しさは、王宮の花壇にも匹敵するのではないかと思う。

「伯爵様の育てるハーブは、王宮から取り立てされるほど高品質なんです。ですがご子息様は以前お見合いの話があった際、伯爵様に庭のことなど庭師に任せればいい、と仰っていましてね。何ぶん園芸に興味のないご子息様ですから……私共としては、この素晴らしい庭を保持していきたいと思っているのですがね……血気盛んなご子息様には、あまり価値のない物と見られているのでしょうか……」

伯爵は息子と折り合いが悪いのだろうか？

王宮に取り立てられるほどのハーブを生み出す庭なら、存続させる価値はあるんじゃないだろうか。

確かに庭いじりは地味だし、若い男がやるようなイメージはない。

農園の息子なら分からないでもないが、国の重鎮とも言える伯爵の息子だ、何か思うところがあるのだろうか？

「こちらです」

世間話に花が咲きかけた頃、目的の場所に着いた。

ジャイアントクインビーの巣の周りは簡易的な柵が設置されており、不用意に立ち入る事がないように対策されていた。

巣の後ろには塀があり、塀に沿って植えられた観葉樹の幹を中心に十メートルほどの横長の巣が形成されている。

依頼を受けた時は炎で燃やしてしまえばいいと考えていたのだが、今はこの愛がこもった庭を少しでも傷付けないようにしたいと思っている。

炎で焼くのは簡単だが、炎の余波で植物がダメになる可能性もある。

ジャイアントクインビーは一メートルほどの大きさの蜂型モンスターであり、比較的どこにでも巣を作る傾向がある。

巣は大きい物で五十メートル規模の物も確認された事がある。

個体が大きいため巣も大きくなるのだが、脅威《きょうい》なのはジャイアントクインビーではなく、クイーンを守るオス蜂で構成される軍隊蜂の存在なのだ。

成虫になったオスの蜂は約七十センチにもなる。

オス蜂は群れでの行動を基本とし、腹部にある鋭い針を武器として敵に襲いかかる。

ただ的が大きい分、剣や盾で充分対処が可能ではある。

目の前にある巣は出来たばかりのようで、成虫の姿は見受けられるがほんの数匹程度であり、大した問題ではない。

巣の周りには伐採された跡があるので、発見当時は草や木に紛れていたのではないかと思われる。

「ある程度の被害は伯爵様も容認されております。よろしくお願いいたします」

「分かりました、少し後ろに下がっていてください」

巣の全体を視認した後、どうしようかと逡巡する。害虫駆除の基本は薬剤散布や焼却。

もし魔法で対処するのであれば広範囲に効力のある魔法が必要になってくる。虫型モンスターの弱点属性は氷と火、火を使わないのなら氷の魔法一択しかない。

記憶の中の魔法事典から氷属性の魔法を取捨選択していく。

「【フロストミスト】」

結果、選択したのは半径二十メートルに氷の霧を発生させる魔法だった。

これは氷の霧に呑《の》まれたら最後、一気に対象を氷漬けにする魔法なのだが、今回は効果範囲をギリギリまで縮小して使用した。

イメージを強く固めれば範囲を狭める事だって可能なのだ。

霧が晴れるとそこには氷漬けになったクインビーの巣が露わになり、氷の彫像のようになっていた。巣の周辺で動く気配はない、どうやら成功のようだ。

「すごい……こんなあっという間に……」

メイドが感嘆の声を上げパチパチと小さく拍手をしてくれた。処理にかかった時間は一分ほどだが、これでもすごいと言われるのはとても気持ちが良い。

氷漬けになった巣に近寄り、背負っていた剣を巣に突き立てる。途端にそこから数条の亀裂が入り、バキバキと音を立てて巣は崩壊した。

「氷漬けになった時点で生命活動は停止しているはずですが、念のため死骸は焼却炉にでも放り込んでおいてください。あとこれが確認出来た幼虫六十匹全てです。巣が出来たてだった分、小さかったので苦労もなかったですよ」

屋敷に戻り、伯爵へ巣の処理完了の報を入れた。

砕いた巣から出てきた幼虫はメイドから籠を借りてその中に入れてある。

伯爵は床に置いた籠の中を覗き込み、幼虫の数を数えている。

「はい、確かに確認しました。ご苦労様です。しかし出来たてとはいえものの数分で片付けてしまうとは……さすが、としか言いようがありませんなぁ！　はっはっは！　これが報酬です。幼虫の分の追加報酬も入れてあります。受け取ってください」

「ありがとうございます。ですが氷漬けの幼虫を何に使うのです？」

「はっは！　博識なフィガロ殿でも知らぬでしょうが、蜂型のモンスターの幼虫は栄養満点、疲労回復や滋養強壮《じょうきょうそう》の効果があるのですよ。調理して食べたり漢方薬などにも使われたりしておるのですがね。氷漬けにするという発想はありませんでしたなぁ。氷の中に閉じ込めれば腐敗もない、実に画期的だ」

　ホクホク顔の伯爵は謝礼の袋を俺に手渡して、実に衝撃的な事を言った。

　虫を食べるなんていう発想は思いもよらなかったが、どこかで聞いた事もあったので、愛想笑いだけを返しておいた。

　袋を開けて確認すると、依頼料と追加報酬分がしっかりと入っていた。

「よろしければどうです？　今から軽くビーワームの料理など」

「い、いえ！　興味はあるのですがこの後も予定がありますので！」

「そうですな！　フィガロ殿は多忙の身、冒険者になりたてゆえ、ですかな？　応援しておりますぞ！　何か困ったことがあればすぐに言ってくだされ、私であればご助力いたしますのでな！」

「はい、ありがとうございます。では失礼します」

　非常に残念そうな顔だったが、固い握手を交わすと結構あっさりと解放してくれた。

お腹は空いているが、だからと言って虫を食べる気にはなれない。

俺は伯爵の厚意に複雑な感謝を抱きながら、屋敷を後にした。

◇◇◇

伯爵家を出てすぐ、腹の虫を黙らせるために串焼き屋さんへと猛ダッシュ。

記憶に残るあの香ばしい味に、知らず知らずのうちにヨダレが出てくる。

太陽は沈みかけ、街は黄昏色《たそがれ》に染まっていて、家路につく学生らしき集団や疲れた顔の衛兵達の姿が見受けられる。街灯にも明かりが灯り、夜の帳《とばり》が降りるのももう少しといったところである。

「すいません！　串焼きください！」

「おう、いらっしゃい！　元気いいねぇ！　もうすぐ店じまいだ、安くするからいっぱい買ってってくれ」

多くの店は黄昏時を過ぎると店を閉めてしまう。

遅くまでやっている食事処もあるにはあるが、そういった所はお酒処も兼ねていたりするのでイマイチ入りづらかった。

逆にトワイライトのようなお酒処は、黄昏時を過ぎてからお店が開く。

朝から働く人達と、その人達をねぎらう夜の世界。

この二つが上手に噛み合って、ランチアの街は一日中活気づいているのだ。

そして俺は、冒険者となった記念と初依頼達成のお祝いを兼ねて、串焼き屋さんで貝の串焼きと鶏肉の串焼きを一ダースずつと、果実ジュースを購入していた。

串焼き屋さんの店主がおまけとして数種類の串焼きも一本ずつつけてくれたので、代金を支払って小躍りしながら噴水広場へと赴いた。

街には一定間隔で噴水広場が設けられており、住人達の憩いの場となっている。

タルタロス武具店は夜遅くまで店を開けている、と串焼き屋さんの店主に聞いたので、少し休憩することにしたのだ。

噴水広場に辿り着いた俺は空いているベンチに腰かけ、串焼きの詰まった紙袋を広げた。

むわっとした熱気と香ばしい香りが鼻腔いっぱいに広がり、思わず涎《よだれ》が垂れてしまいそうになる。

「いっただっきまーす。あんぐ……んん！　やっはりおいひい……染みるうー」

貝の串焼きはピリ辛の味付けになっていてあっという間に一ダースを食べ切ってしまった。

串焼きで渇いた喉を果実ジュースで潤すと、おまけでもらった串焼き達に手を伸ばし、道ゆく人々を眺めながら串焼きを口いっぱいに頬張って、一噛み一噛み堪能していく。

「平和だなぁ……」

子供連れの夫婦は噴水と戯《たわむ》れる子供を微笑ましく見ており、カップルと思《おぼ》しき冒険者はベンチに座り何やら話し込んでいる。

犬の散歩をする老人はひどく腰が曲がっており、犬の方が老人の歩幅に合わせて歩いている。

皆思い思いに道をゆき、思い思いに時間を過ごしている。

ついこの前、悪魔騒動やアンデッドの大襲撃があったとは到底思えない平和さだった。

いずれは俺がこの平和を守っていく立場になるなど、未だに実感が湧かない。

そして道ゆく人々も、噴水広場のベンチに座っている俺がそのような存在だとは、夢にも思わないだろう。

じきにフィガロという名が辺境伯として知れ渡る。

分不相応だとは思うけれど、次期国王となる前準備みたいなものなんだと思う。

「家名かぁ……どんな名前にしよう……剣の名前も決めてないのにな……ていうかそもそもシャルルと結婚したら俺の家名はランチアになるんだよな？　一時的な家名として考えれば気も楽か……どーしよ……」

平和であるのはいい事だ。

だが、戦争や冒険というバイオレンスでスリリングな世界もまた平和の裏に隠れている。

世界中至る所で戦争が起き、冒険者が命を賭《と》してモンスターと戦い、様々な人が命を散らしている。

アルウィンは戦《いくさ》の家系でもあった。

ルシウス兄様やヴァルキュリア姉様だって戦っている。

優れた魔法力や知識は、何も安全なものにだけ使われるわけではないからだ。

ヴァルキュリア姉様が専門としている魔導技巧《ぎこう》などの知識や技術は、国を守るため、発展させるだけに留まらず戦争に使われる事もある。

ヴェイロン皇国の至宝とまで言われるルシウス兄様の剣技は、戦闘方面に極振りされた力だ。

父様だって領地を守るために他貴族への牽制や腹芸など様々な争いを経験しているはずだ。

そして俺にも、アルウィン家を追放されたと言ってもその血がなくなるわけではなく、しっかりと引き継がれている。

現に俺は冒険者という、平和とはかけ離れた世界に身を置くことにした。

そしてドライゼン王の跡を継ぐという事は国を守るという事。

それはつまり世界の各国と向き合うという事。

出来る出来ないを考えてしまうが、俺がシャルルと結婚してしまえば出来る出来ないじゃなく、やるしかなくなるのだ。

道ゆく人々を眺めながらそんな事を考える。

気付けば串焼きの袋は空になっており、果実ジュースも底をついていた。

日はとっぷりと沈み、街灯が闇を照らしている。

それでも街をゆく人々の様子は変わらず、様々な人々が道を往来している。

「考えても仕方ないな。そろそろ行こう」

空になった紙袋と果実ジュースのカップをゴミ箱に投げ入れて、意識を切り替える。

軽く伸びをして、満腹になった腹を撫でながら、俺はタルタロス武具店へと足を向けた。

◇　◇　◇

「はい、ご苦労様です。報酬がこちら銀貨二枚ね」

「ありがとうございます」

翌日、俺は朝から組合に行き、手頃で手軽な依頼を消化していた。

昨日タルタロス武具店に行き、クーガの鞍と鐙の制作依頼を出したところ、鞍と鐙以外の品物、頭絡《とうらく》や手綱《たづな》などの一式も含めて金貨一枚でやってくれると言ってくれた。

通常の馬具一式を揃えるので大体金貨一枚ぐらいのお値段らしいのだが、やはりクーガの場合サイズの問題があるので特注だそうだ。

なるべく丈夫な素材で作りたいと伝えたところ、それも了承した上でのこのお値段である。

どうして安くしてくれるのかと聞いたら、どうやら俺の品物で新技術を試してデータなどを取りたいのだそうだ。

代金は品物の受け渡し時に払う事になった、数日もあれば出来るそうなのでそれまでに金貨一枚を用意すればいい。

なので俺は金策をするべく、朝から依頼を受けて回っているのである。

夕方には王宮へ赴き、シャルルを迎えに行かないといけないからな。それにいつまでも床で雑魚寝をするわけにもいかないのでベッドや家具、雑貨なども揃えていかねばならない。

屋敷に元々あった家具類も屋敷同様に、なぜか復活を遂げて使える状態にあるのだけど……やっぱり一人暮らしをするなら、自分で家具を揃えたくなるってもんだ。

「これで銀貨十枚だから……金貨に両替しておくか」

組合の受付で報酬を受け取り、素材管理部のカウンターへ赴いた。

受付は依頼の受理や事務系などを主としており、両替は素材管理部の仕事だ。

両替は黄銅貨、青銅貨、銅貨、銀貨、金貨、王金貨のどれも対応してくれ、金貨を銅貨と青銅貨に、などという細かい両替も可能だ。

金貨までは十枚で一枚という比率で両替出来るが、王金貨だけは金貨百枚で一枚となる。

朝一から山の頂上に生えている薬草の採取や、ランチア国領の外れにある村に行って依頼された品物を届けたりと、合計四件の依頼を消化して大忙しだった。

移動は【フライ】で行ったので移動時間の短縮が出来てかなり楽だった。【フライ】がなければ四件も依頼をこなすのは不可能だったろうからな。本当に便利な魔法だよ、【フライ】様様だ。

報酬は合計で、銀貨五枚、銅貨二枚、青銅貨八枚、という感じ。

それに加えて昨日、伯爵家でもらった報酬の残りを含めると、金貨一枚には充分。お金を稼ぐのは大変だ、とつくづく思った。

時刻はもう昼を過ぎて、あと数時間程度で太陽が沈み始める。

疲れはしなくても汗はかく、朝から動き回っていて体中が汗でベトベトである。

一度屋敷に戻り風呂に入ってから出ないと、シャルルに汗臭いと思われてしまう。

「【フライ】」

組合の建物から出て裏手の路地に入って【フライ】を発動、そのまま屋敷へと飛んで帰った。

屋敷に着くと大急ぎで風呂に入り汗を流し、体の火照りもそのままに服を着替えて再び【フライ】で王宮へと向かった。

「え？」

いつも通り橋のたもとからクーガに乗り、橋を越えると、王宮の扉の前には既に馬車が停まっており、兵士達が忙しなく動いていた。

そこにはシャルルの執事であるタウルスの姿もあった。

一体何事だろうか。

「これはこれはフィガロ様」

「こんにちはタウルスさん、これは一体？」

「はて？　私達はシャルル様からフィガロ様と離宮へ赴くと言われているのですが……その準備にございます」

「あー」

なるほど。

シャルルはトワイライトに行くのではなく、離宮に行くと言って外出許可を取ったのだろう。外に出て途中で行き先を変えるつもりなのだろうか？

「フィガロ！　クーガ！　待ってたわよー！」

「シャルル！　なんだいたのか」

『待たせたようだなシャルルよ』

馬車の窓が開き、シャルルが手を振っている。どうやら最初から中で待っていたようだ。

「なんだじゃないわよーもう。楽しみだったんだから仕方ないじゃない」

「ごめんごめん」

「さ、乗って！　クーガはしばらく影でお留守番ね」

シャルルは満面の笑みで手招きをしている。俺も馬車に乗らなければならないらしい。

クーガを影に戻し、王家の紋章が刻まれた馬車に乗り込む。

その際、鋭い視線を送ってくる騎士の姿が目に入った。

王宮に入る扉の脇に赤い鎧の守護騎士が立っており、その騎士が物凄《ものすご》い形相《ぎょうそう》で俺を睨み付けていたのだ。

「シャルル、あの人は」

「彼は守護騎士の一人よ。あまりフィガロを良く思ってないみたいね」

「そうか……」

「気にしないでいいわよ。特に何かしてくるわけじゃないわ。むしろそんな事をすれば自分の立場が危ういと分かっているはずだもの」

「分かった」

馬車に入り、馬車の扉が閉まった事を確認して、さりげなく窓から守護騎士を盗み見る。

俺が馬車に入ったにもかかわらず、守護騎士の視線は変わらない。

守護騎士に恨《うら》まれるような事は何もしてないはずなのに……。気にするなと言われても気になってしまう。

その後、王家の馬車に揺られて約二十分。

俺はシャルルと共に、サーベイト森林公園内にある離宮へと来ていた。

王宮から離宮へは、王宮関係者しか通れない道で繋がっており、通常の街道よりも早く着く。

「で、この後どうするんだ？」

「んとね、タウルスには事情を話してあるの。これはお父様も許可しているわ。いい？　まず今日は森で、私とフィガロとクーガで魔法の練習をする、という事になっているの。だから私は変装して、このままフィガロと一緒にトワイライトへ。これでどうかしら？」

離宮にあるシャルルの自室へ入り、シャルルが考えていたプランを説明される。悪くないプランだが、

「移動はどうする？　訳あって、クーガはまだ街中に出せない」

「あら……んー……えーと……空からは？」

「マジで」

「うん。ダメ？」

「ダメじゃないけど……まだ心の準備が」

ついこの前断ったばかりだというのに、シャルルは案外押しが強い子なのかもしれない。

断ったのはただ単に恥ずかしいから、という理由なのだけど、それはシャルルに伝えていない。伝えられるわけがない。だって恥ずかしいのだから。

「心の準備って……空飛ぶのってそんな大変なの？」

「いや、そうじゃないんだけど……」

「ならいいわよね！　わーい！」

胸の前で小さな拍手をするシャルル、その様子を見ていると断りづらい。仕方ない、覚悟を決めよう。

「分かったよ。シャルルは押しが強いな」

「そうかしら？」

「そうだよ」

ため息を吐いて誤魔化してみたものの、シャルルを抱いて飛ぶ姿を想像するだけで耳が赤くなっていく気がする。

「じゃ行きましょ！」

「あぁ、そうだな」

鼠色のローブと茶色のウィッグをつけたシャルルと部屋を出て、そのまま離宮を出た。

林道を進み、周囲に人気《ひとけ》がないのを確認して、さりげなく木々の中に姿を隠す。

「よし、じゃ、じゃあ持つよ？　しっかり俺の首に腕を回して」

「こう？」

「そうそう」

シャルルの細い腕が遠慮なく俺の首に回される。

そうすると必然的にシャルルの顔が近くなり、この前キスした唇をどうしても意識してしまう。

「どしたの？　早く行こ？」

「あ、ああ！　じゃ飛ぶよ！　しっかり掴まってるんだぞ！」

右手でシャルルの背中を支え、左手でシャルルの膝を下から持ち上げる。

持ち上げてみて分かったが、シャルルは本当に軽い。まるで重さを感じない。

「行くぞ！　【フライ】」

「うひゃあ！　わー！　わー！　本当に飛んでる！　高ーい！　こわーい！」

左手にはダイレクトに、シャルルの足の肉感が伝わってくる。

ぷにぷにしていてすべすべで……。

俺がそんなことを考えてるとも知らず、シャルルはどんどん離れていく地面を見て大騒ぎである。

「見て！　鳥達が不思議そうにこっちを見てるわよ！　やっほー！　あ、ほら見てあっち！　あんな遠くの景色も見えちゃう！」

「ちょっ、あんま動くなって、落としたらどうするんだ？」

「フィガロなら落とさないって信じてるもん、でしょ？」

「ま、まぁね……」

トワイライトへ向けて飛んではいるのだが、シャルルがあまりにもはしゃぐので、少し速度を落として飛行している。

シャルルの顔を見ると、目は子供のようにキラキラと輝き、楽しそうに歯を見せて笑っている。

「本当に君は可愛いよ」

「え？　何か言ったかしら？」

「なんでもないさ」

思わず本音が口から飛び出てしまったが、シャルルには聞こえていなかったようで何よりだ。

至近距離にシャルルの顔があるだけで、心臓がやけに速く脈打つのが分かる。

「見て。すごく綺麗……」

あまりシャルルを見ていても変に思われそうなので、シャルルが指を差した方向に目をやる。

ランチア市街地を越えた先には山脈が連なっており、その稜線《りょうせん》に太陽が差しかかっているところだった。

「綺麗だな」

「本当に夢みたい。空を飛んでるなんて信じられないわ」

はしゃぎまくっていたシャルルは鳴りを潜め、稜線に沈みゆく太陽を眺めるシャルルはとても大人しく、しおらしく見える。

「もう着くよ、フードを被って」

「あーん、もったいない。ま、帰りも飛んで帰るからいっか！　あ、でも夜になったら見えないわね……」

少しごねたものの、シャルルは言う通りにフードを深く被る。

それを確認して一気に高度を落とし、トワイライトの裏手へと着地した。

「入って」

「うん、あーなんか緊張する！」

目深《まぶか》に被ったフードのせいで顔の表情はあまり分からないが、シャルルは胸に手を当てて、深呼吸をしているようだった。

シャルルが落ち着くのを待ち、頃合いを見てトワイライトの裏口の扉を押し開いた。

「こんばんは、お忙しいところすみません。アルピナさんいます？」

「あらぁーーん！　フィーガロちゃんじゃないのぉおん！」

「はは、どうも……」

裏口の扉を開けてすぐの所に、従業員がいたので声をかける。

どうやらトワイライトは開店して間もないようで、客の姿はゼロ。これは好都合だ。

「アルピナちゃんは地下にいるわよ。それで、その子は？」

「あーっと……」

「こんばんは。ごめんなさい、突然押しかけてしまって」

従業員が顎《あご》でシャルルを指し示し、シャルルはそれに応えるように目深に被ったフードを外した。

「しゃっ！　シャルルヴィル王女様!?」

「こ、こんばんは。えっと、そんなにすぐ分かります？　これでも変装しているつもりだったのだけど……」

シャルルは茶色のウィッグを被っているはずなのに、なぜか従業員には一目でバレてしまった。

「髪の色変えただけで変装とは言わないですわよん。変装ってのはもっと髭つけたり目の色変えたり、マスクしたり目元隠したりしないといけませんからねぇ」

「そうなのね……私、結構自信あったんだけどな……」

「むしろ気付かない方が不敬罪でしょっぴかれるザマスわよ？　それくらいバレバレザマス」

「あうぅ……」

頑張って敬語を話そうとして、なぜかザマス口調になってしまったトワイライトの従業員を前に、シャルルはしょぼくれながらウィッグを掴み、ズルズルと頭から外していく。

小さい体がさらに小さくなったように見えるほど、シャルルは凹《へこ》んでいた。

そこまで凹むことではないと俺は思うのだけど、女の子の気持ちはよく分からない。

「で？　フィガロちゃん。天下の王女様をこんなゲスのたまり場みたいな所に連れてきて、何するつもりなの？　早くしないと客も来ちゃうし、王女様の可愛いお顔が薄汚い空気で汚れちゃうわん」

ゲスのたまり場だの薄汚い空気だのって、自分の働いてる店をよくそこまで言い切れるなぁ。

トワイライトの人達は皆こんな感じで働いているのだ。

口ではそう言っているが、従業員は皆このお店とお店に来る客が大好きなのは知っている。

「えと。アルピナさんに会いに来た。ちょっと相談事があって」

「オーキードーキー、フィガロちゃん。ささ、王女様、ごあんなーい。ささささ、こちらにいらしてくれザマスかしらん？」

「は、はい」

緊張した面持ちで店に足を踏み入れるシャルル。

一度世話になっているとはいえ、筋肉ムキムキで顎周りが青くなっている男性に女言葉で話されるのは、なかなか慣れるものじゃないと思う。俺でさえ三日はかかった。

慣れるポイントは、抵抗《レジスト》しない事だ。

ありのままの姿を受け入れて、こういうものなんだな、と割り切るのだ。

頑張れシャルル。

「ほらあ！　フィガロちゃんもボケッとしてないで早く来てぇ！　こっちよーう！」

腰をクネクネさせながら従業員が俺を呼んでいるのだが、それを横で見ているシャルルは少し怯《おび》えているようにも見えた。

「はーい、今行きます！」

お店の奥にある地下へと続く物置部屋の中に滑り込むと扉が閉まり、少しの浮遊感の後、入ってきた扉とは逆の扉が開いた。

「ふわー！　すごい！　すごいねフィガロ！　このお店の地下ってこんな風になっているのね！　絵物語みたいだわ！」

「んん？　なぁんだい……フィガロちゃんと……シャルルヴィル殿下じゃあないかい！　久方ぶりでございます。お変わりなく見目麗《うるわ》しく、ご健勝なご様子。褒美の件につきましては、重ね重ね御礼申し上げます」

地下の様子に感嘆の声を上げるシャルルに気付いたのか、オブザベイションステンドグラスを眺めていたアルピナがその場で膝を折り、恭《うやうや》しく口上を述べた。

周囲の従業員も手を止めて、アルピナに倣《なら》い跪《ひざまず》く。

「こんにちはアルピナさん！　今は公務ではないので堅い挨拶は結構です、楽にしてください。アルピナさんこそお元気そうで何よりです」

「そうかい？　アタシとしちゃそっちの方が気楽でいいさ。ありがとねぇ。それで、今日はどんな用件だい？」

シャルルの一言で跪いていたアルピナはすぐに立ち上がり、いつもの喋り方に戻った。

いくら楽にしろと言われても、相手は一応王族なわけで。

はいそうですか、と普通に接する事が出来るとは……豪胆な性格をしている人だ。

「アルピナさん、頼みがあるんだ」

「なんだいなんだい、そんなしみったれた顔してぇ。何かあればおいでとは言ったけど、こんなすぐに来るとは思わなかったわぁ。でも、あんたの顔が見れて嬉しいよフィガロ」

アルピナは近くにあった椅子に腰かけ、キセルに火を入れて煙をくゆらせる。俺とシャルルにも座るよう顎で椅子を指し示し、先を続けるよう促す。

「実は……シャルルにもシキガミを貸してやって欲しいんです」

「お願いします！」

「はぁ⁉　何でまた？　殿下がシキガミを使う用途なんてあるのかい⁉」

俺とシャルルは同時に頭を下げて頼み込む。

伏し目がちにこちらを見ていたアルピナは、素《す》っ頓狂《とんきょう》な声を上げて目を瞬《またた》かせていた。

そんなアルピナに、シキガミを借りて何がしたいのか、どう使うのかを一つずつ説明していく。

「という訳なんです！　貸してはいただけないでしょうか……？」

「ふぅん……なるほどねぇ……一緒にいたいけど身分の差が壁となって邪魔をする……何か悲恋の戯曲っぽくていいねぇ。実際はそんな事ないんだろうけどねん。ま、王家に借りを作るのも悪かない、貸してあげるよ」

「「本当ですか!?」」

「たぁだし！　アタシが貸せるのは一体まで、王女様に貸すのならフィガロのシキガミは返してもらわなきゃなんないよ」

「構いません。今までありがとな、バルムンク」

煙を吐き出すアルピナに、バッグに入れておいた木像を手渡した。

「おっけーおっけー、そんじゃ殿下、こっち来て」

「はい……」

手招きに応じてシャルルが椅子から降り、アルピナの前に立つとアルピナはシャルルの手を取った。手と手の間には俺が渡した鳥の木像が挟まれている。

「おいで、力を貸しとくれ」

アルピナの言葉に応じるように木像が光り、俺の時と同じようにポフン、という音と共に小鳥が現れた。

「俺の時と違う……」

思わず声を出してしまったが、二人には聞こえていない。

俺の時は雀の姿になって現れたのだが、シャルルとアルピナの手に挟まれているのは薄紅色と白と黄色の三色で彩られた小型のインコだった。シキガミに呼応する魔力によって形状が変わるとか、そんなところだろうか？

インコは手の隙間から頭を出し、チィチィと小さく鳴いている。

「ふわー！　可愛い！」

「これでこの子の権限は殿下にある。好きなように可愛がっておくれ。今回は用途が特殊だから、後でレクチャーするわねん」

「はい！　ありがとうございますアルピナさん！　大事にしますね！」

アルピナが手を離すと、バネのようにインコが起き上がりシャルルの手の上でキョロキョロと首を回していた。

無事にシキガミのレンタルが終わった後、アルピナとシャルルは色々と細かいレクチャーをするために別室へと去って行った。

その間はやることがないので、トワイライトの中庭へ出て剣の練習に励んでいた。

アルウィン家で鍛えられた我流の型を取り、一振り一振り剣先を意識して、見えない斬撃を飛ばさないように剣を振り回す。

見えない斬撃は【クリアスラッシュ】と呼ぶ事にした。

双剣の名前は空間を切り裂くという意味で【エアリアルリッパー】と名付けた。

我ながらなかなかカッコいい名前になったんじゃないかと思っている。

エアリアルリッパーは重量がほとんどないので、片手で振っても平気だ。

もちろん最高速で振り切ると、遠心力で体が持っていかれるので注意しなきゃいけない。

利き腕は右なのだが、エアリアルリッパーで練習を重ねるうちに左手だけでもそれなりの速度が出るようになった。

「これで、バックラーかガントレットがあればより良い感じになりそうだな」

あとは滑り止めのグローブかな。長い時間握っていると、手汗のせいでたまにすっぽ抜けそうになる。

練習の中で、エアリアルリッパーは魔力との親和性も高いとルシオが言っていた事を思い出し、何とか魔法を刃に乗せられないかと試行錯誤してみたものの、これがなかなかに難しいのだ。

魔法を乗せられないわけじゃない。

むしろ逆で、乗りすぎてしまうのだ。

カラマーゾフとの戦いで使用した剣技【ジャスティス】と同じように魔力を乗せてやってみても、てんでダメ。

エアリアルリッパーの魔力増幅値がその時の比じゃないのだ。

地属性の魔法を乗せて剣を地面に突き立てるとなぜか大きな穴が開くし、火属性の魔法を乗せれば剣身から噴き出る燃え盛る炎が地面を焼成してレンガのように変化させてしまう。

水属性の魔法を乗せれば剣先から濁流《だくりゅう》が迸《ほとばし》るし、風属性の魔法を乗せれば【エアカッター】のような魔法がいくつも発生して周りの芝を刈り取るし……。

そのおかげでトワイライトの中庭は荒れに荒れてしまい——。

「ちょっと……フィガロちゃん何してるのん……これ……どういう事なのん……！」

「これ、フィガロがやったの……？」

どうしたものかと内心かなり焦りまくっていたところにレクチャーを終えたのだろうシャルルとアルピナが俺の背後に立っていた。

「いや……その……はい……私です、ごめんなさい」

「謝るとかそういう問題じゃあないわよぅ……何をどうしたらこんな……池が出来るってのさ」

「私がアルピナさんからレクチャーを受けてる間に何したの？　二時間も経ってないわよ」

そう、色々と魔法が暴走してしまい、なぜか俺の目の前には歪《いびつ》に歪《ゆが》んだ縦横五メートルほどの池が出来上がっていたのだ。

「これはその……成り行きというか……」

「成り行きで池が出来たら世話ないわよぅ……ご丁寧に、周りの雑草も刈り取られてるし、池の中も綺麗に舗装しちまってるし……」

アルピナが横目で俺を見つつ、俺が成り行きで作ってしまった池を眺めている。

その声には、呆《あき》れたようななんとも言えない感情が混ざっている。

本当にこんなつもりじゃなかったのだ。

エアリアルリッパーに炎や氷を纏《まと》わせ、魔法剣のようなカッコいいアレをやりたかっただけなのだ。

奉納演武などで魔法剣の使い手がよくやるアレだ。

魔法剣士の数は非常に少ない。

魔法か剣技、どちらかに秀でた者は多いものの、両方が秀でている者はなかなかいないのが現状。

なので魔法剣士は、選ばれた者のみがなれる職業でもあるのだ。

ちなみにルシウス兄様はその魔法剣士をやっているのだが、一度家の練習場である道場で奉納演武の練習をしているのを見た事があった。

剣の一振り一振りに魔法が宿る様は、ずっと見ていても飽きなかった。

兄様の得意とするバスタードソードに火が宿れば、周囲に無数の小さな火の玉が浮かび、それぞれがフワフワと動き回って、まるで妖精がダンスをしているように見える。

水の魔法を合わせれば、地面に叩き付けた剣を中心に綺麗な水柱が何本も上がった。

地属性ならば、砂が水のように滑《なめ》らかに動き、生き物のように生き生きとしている。

俺はそれを自分の手で再現してみたかったのだ。

兄様の背中を追っても、何にもならない事は分かっている。

だが俺は、あの素晴らしい演武を忘れられない。

その結果がこれでは目も当てられないけれども。

「ま、いいわよん。殺風景な中庭にいいアクセントが出来たと思えばいいのさ」

「いい……んですか？」

「へーきよへーき。庭いじりする人があまりいないから草もボーボーだし、魚でもここに放せばみんな手入れするでしょうねぇ」

「結局フィガロは何がやりたかったの？　お手入れ？」

「ありがとうございます……シャルルも人の心を抉《えぐ》るような事は言わないで……自分でよく分かってるんだから……」

剣の練習をしていたら池が出来てしまった、と言っても結局二人とも信じてくれなかった。そして自分の技量不足も痛感した。

現状は魔法が使えているだけで、使いこなせてはいないという事だ。魔法にランクがあるように、魔法を使う職業にもランクはある。

低級魔法を習得し、それなりに扱える者を魔術師。

中級魔法を習得し、低級魔法と使い分けが出来る者を魔法使い。

上級魔法を習得し、中級魔法以下を万全に使いこなせる者を魔導師。

全ての魔法を状況に応じて即興改変が可能であり、オリジナルの魔法を構築する事が出来る者を大魔導師と呼ぶ。

低級で魔の術《すべ》を知り、中級で魔の法を操り、上級で魔を導く、そしてそれらの頂点が魔導を牽引する大いなる者。

この中で自分をランク付けするのなら、魔術師レベルだろうと思う。

【フレイムヴォルテックスランス】のようにオリジナル魔法を使ったじゃないか、と言われてもそれとこれとは別物であり、そもそも【フレイムヴォルテックスランス】はオリジナルではなく、ただの複合魔法だ。

十式多重展開をしようが複合魔法を編み出そうが、俺にはまだ駆け出し程度の実力しかないと思っている。

何しろ魔法を扱えるようになったのはつい最近だ。

魔法職として世間に名の知られている人達はもとより、一般に魔法を扱う人々でさえ幼い頃から練習してきた一日《いちじつ》の長《ちょう》がある。世間一般の魔法教育は五歳から始まる。

俺の歳は十五歳。

常人よりも十年分の練度の差があるのだ。

その事実に気付いた時は絶望を感じた。十年間という歳月は長い。

今は力業《ちからわざ》でどうにかなっている状態だが、いずれ限界が来るはずだ。現状に甘んじてゆるゆると生きるつもりはない。

強くなりたい。どうせやるなら上を目指したいと思うのが普通ではないだろうか。

「また難しい顔してるよー？　私の練習成果、見たくないー？」

「え？　ご、ごめんごめん……どんな感じ？」

「なんか取ってつけた感じー」

「ごめんて……」

俺の顔を覗き込み、仏頂面《ぶっちょうづら》で物申すシャルル。

「まぁいいわ。それじゃ見ててね！　行くわよー！」

仏頂面から一変、シキガミの木像を地面に置いて気合いを入れる様は実に楽しそうに見える。

シャルルは木像に手をかざし、目を閉じて集中し始めた。

木像はゆっくりと姿を変えてゆき、それは一体の小さな動物へと変化した。

「これって……狐？」

「そうだよ！　可愛いでしょ！」

「可愛いけど……なんかぬいぐるみみたいじゃないか？」

「いーのよ！　可愛ければいいの！」

そう言ってシャルルは変化した狐っぽいシキガミを腕に抱き、頭を撫でた。

シャルルが生み出したシキガミは狐の姿をしてはいるものの、半分くらいは造形が上手く取れておらず、デフォルメされたぬいぐるみのような見た目になっている。

抱かれている姿を見ると、本当にぬいぐるみのようにしか見えない。

狐の毛並みは白く、顔周りに赤い隈《くま》取《ど》りがされている。

目は完全に閉じており、細い線が一本描かれているようだ。

「その狐、俺が連れて歩くんだって事忘れてないか……？」

「あ」

「やっぱり……あ。じゃないよ……」

「待って待って！　これだけじゃないのよ！　とびきりすごいのがあるの！　むしろ、そっちがメイン！」

シキガミを地面に下ろし、慌てた様子で再びシキガミに手をかざすシャルル。

シャルルの魔力を受けて、グニグニと姿を変えていくシキガミの姿は、徐々にその質量を増していく。

「まさかこれ……人？」

「そうだよ！　こうすればフィガロと一緒に歩けるもん！」

シキガミを包んでいた光が収まり、その全貌が明らかになる。

そこには、シャルルに瓜二つの女性が静かに立っていた。

歳の頃は二十歳前後、背は百六十センチに届くのではないだろうかという大きさ。

薄紅色の髪にコバルトブルーの瞳、青と白を基調としたドレス調の服の上にライトメイルを装着している。

そして極め付けは……。

「これが私の大人の姿よ！　…………理想のね！　どう？　すごいでしょ！」

「これはアタシもたまげたもんさ。一部分がかなーり強調されているみたいだけどねぇ？」

アルピナがニンマリと笑いながら俺の胸をキセルでつつく。

アルピナの言わんとする事は分かる。誰がどう見ても分かる。なんせシキガミの胸部装甲がやけに盛り上がっているのだから。

確かに顔はシャルルにそっくりだが、全体的に見るとそうでもない。

特に胸部が。

アルピナのボンバイエほどではないにしろ、ボンバ、くらいはあるんじゃあないだろうか。

お妃様《きさき》がかなりグラマラスだというのはドライゼン王から聞いているので、将来的にはアレぐらいになるのだろうか。

すごい。

シャルルの想像力には舌を巻くが、これはこれですごいと思う。

肌や髪の毛の質感もそうだが、着ている服や鎧の感じなどもまさに本物のようだった。

『それにこんな事も出来るのよ！』

「なっ！　シキガミが喋った!?」

今まで大人しく立っていたシキガミの口が開き、シャルルの声とは違う、ややハスキーな声が出た。

隣では仁王立ちしたシャルルが、どうだ、と言わんばかりの表情でこちらを見ている。

「驚いたようだねぇ。これがシキガミの真骨頂、【イメージトレース】さ。術者のイメージしたものをそのままシキガミが再現する技さ。魔法の遠隔発動もこの技の一部、シキガミと術者が慣れれば慣れるほどトレース出来るイメージの質も上がってく。ま、その分魔力消費も上がってくんだけどねぇ？　王女様の魔力プールは底が見えない。さすがは王族ってところかしらん。王女様の魔力プールであれば数時間は人型で行動する事も可能だろうさ」

アルピナが誇らしげに説明を始め、シャルルはそれに相槌を入れるようにうんうんと何度も頷いている。

どうやらシャルルは、狐型と人型の二つの形態を状況に応じて使い分けるようだ。

シキガミはシャルルのイメージをトレースしているだけなので、仮にシキガミがダメージを負ったとしても本人には何の影響もないらしい。

何だその反則的な能力は。

「それじゃパーティ名を決めましょう！　冒険者にはパーティ、パーティには名前をつけないとね！」

「パーティか……実はそのことで言わなきゃいけないことがあるんだ」

「ん？　なぁに？」

「実は俺達の他にもう一人、仲間になってくれる人がいるんだ」

「え！　ホント⁉　どんな人なのかしら？　いい人だといいわね！」

「人の良さと実力はお墨付きだよ。魔法職の人でね、また後日改めて紹介するよ」

「はーい！　へへ！　とっても楽しみね！　さ、名前を決めましょう？　新たな仲間のためにも、ちゃあんと決めておかなきゃ！」

「ううん、まぁいいか」

鼻息荒く息巻いているシャルルに気圧《けお》され、パーティ名を考える。どんなのがいいだろうか。

クーガ、俺、狐、シャルル……王族……国……。

「キングダムは？」

「可愛くないわ」

「可愛いとか可愛くないとかの問題なの⁉」

「そりゃそうでしょう！　名付けって大事なのよ？」

二人して頭を抱えて悩んでいる姿を見てアルピナはクスクスと笑っている。

「うーん……」

「ヘルハウンド……狐……フォックス……あ！　なぁシャルル、フォックスハウンド、なんてどうだ？」

「いいわねそれ！　結構可愛いかも！」

「じゃあ決まりだ。パーティ名は【フォックスハウンド】！」

「おー！」

こうしてシャルルのシキガミ化計画が形となり、無事にパーティ名も決まった。

明日、登録申請を出せば数日中には申請が受理されるだろう。

そうすれば自由冒険組合のパーティ欄に、フォックスハウンドが名を連ねる事になる。

その様子を思い浮かべると、思わず頬が緩んでしまう。

明日がとても楽しみになってきた。

……しまった。そういえばリッチモンドの奴、また遊びに来るとか言ってたよな。完全にすっぽかしてしまった……怒ってないかな？

その後、アルピナと少し話をした後、俺はシャルルを抱きかかえ、再び夜の空を舞った。

黄昏時とはまた違うランチア市街の様子を見て、シャルルははしゃぎまくった。

シキガミとシャルルは魔力的につながっているので、結構な距離が離れていてもタイムラグなしにイメージをトレース出来るらしい。

本当にぶっ壊れ性能だなと思う。

ウィスパーリングの場合は声だけを伝達するのでタイムラグはない、だがシャルルとシキガミの場合は声だけでなく魔法と五感を即時に伝達するのだ、ヴァルキュリア姉様はこの能力を把握していたからこそ、シキガミの研究に没頭したのだろう。

それが実用化に繋がらなくとも、知識の探求者として解き明かしたいという強い想いがあったのだ、と俺は考えている。

◇　◇　◇

「こんにちは。どういったご用件ですか？」

「こんにちは、パーティ名の申請書はこれでよかったですか？」

そして現在は翌日の朝一、俺は自由冒険組合の受付でパーティ名の申請をしに来ていた。

今目の前にいる受付嬢はいつもの女性ではなく初めて会う、ふんわりおっとりした感じの女性だった。

「大丈夫ですよ。えぇと……あぁ、貴方フィガロさんね？」

提出した書類の項目をチェックしながら、受付嬢が俺の名前と顔を交互に見て言った。

「はい、そうですが何か？」

「貴方に名指しでパーティ申請が来ているの、えっと……これこれ、お名前はリッチモンドさん。先日十等級《ルーキー》として冒険者登録した方よ。お知り合い？」

「ぶっっ！　えぇはい」

「貴方が来るまで毎日顔を出すと言っていたから、リッチモンドさんが来たら伝えておくわね」

「は……はい、よろしくお願いします」

「その必要はないよ。なぜなら僕、リッチモンドはここにいるからね」

受付嬢と話し終えようとした時、背中に聞き覚えのある声が投げかけられた。

その声に一瞬喉が詰まり、声が出ない。

ちょっと待ってくれよと言いたいのに、言葉は出ず、油の切れた魔導ゴーレムのようにゴリゴリとゆっくり首を回す。

首を九十度ほど回したところで、声の主が目に入った。

「やぁフィガロ。探したよ？」

朗らかに言う青年は闇のように黒いローブに身を包み、黒い手袋を嵌《は》め、手には長い捩《ね》じくれたスタッフが収まり、その先端には拳大の黒い宝玉が嵌め込まれている。

師匠であるクライシスが持っていた物に似ているが、所々で造形や意匠が異なっている。

フードを深く被っているため表情は分からないが、大体の見当はついた。

「ご、ごめん……忙しくてすっかり忘れてたんだ」

俺が頬を掻《か》きながらバツが悪そうに言うと、彼、リッチモンドは目深に被ったフードを下ろした。

フードの下にあった顔は幽霊屋敷の主であり、俺に【フライ】を教えてくれ、屋敷の地下にあった遺産を全て継がせてくれたあの上級アンデッド、リッチモンドがなぜか首元に俺と同じ十等級《ルーキー》の冒険者タグをぶら下げて、それを指で弄びながら満面の笑みでそこに立っていた。

「ま、仕方ないよね……良かったらお茶でもどうだい？」

「アンデッドなのに、お茶飲めるのかよ」

「僕の実体はスケルトンだけど、今の僕、人の姿であるならば軽い飲食は可能なんだ。限りなく実体に近い幻《まぼろし》、ってとこかな？　ま、細かいことは気にしない方が身のためだぜ？」

「へぇー……便利なもんだな」

「別段この姿になったからって飲食や睡眠が必要になったわけじゃないからさ、特に飲み食いする必要もないんだけれども」

「なるほど……確かに人の身で飲食をしないのは不自然だもんな……」

「受付の前で立ち話も良くない。行こうじゃないか」

「あぁ、そうだな」

そんなこんなで俺とリッチモンドは組合の正面にあるカフェテラスへと赴いた。

リッチモンドはコーヒーを頼み、俺は果実ジュースにミルクを合わせた物を頼む。

しばらくして運ばれてきたコーヒーを一口啜《すす》り、リッチモンドが口を開いた。

「ところで……冒険者登録は無事に出来たみたいだね」

「まあな。リッチモンドこそ冒険者デビューおめでとう。しかしいつの間に？」

「あはは！　ありがとう！　昨日登録したんだよ。君は冒険者になるって言っていただろう？　だから手始めに僕も冒険者になっておこうかと思ってね。いやぁ……しかしあのオルカ支部長さんはすごいね？　最初岩が喋ってるのかと思ったよ」

「あー、分かる。筋肉っていうより魔導ゴーレムだよな、アレは」

「言えてる言えてる」

「ってそんな話をしに来たんじゃないんだ。パーティの事なんだけどさ」

「うん？」

「俺とリッチモンドの他にもう一人と一匹、仲間がいるんだ」

「へぇ？　いいね！　賑やかそうだ！　一匹っていうのが気になるけれどもう一人は今どこにいるんだい？」

「今はいない。けど時期が来たら必ず紹介するよ」

「ははーん……さては女の子だね？」

「ばっ！　何で分かったんだ⁉」

「クックック……リッチの眼力を見誤っては困るな」

「いやそれ眼力関係ないだろ……そうだよ、察しの通り女の子だ。名前は……えー……」

「名前はなんだい？」

「しゃ……シャールだ」

「シャールちゃんか。お会い出来るのを楽しみにしていると伝えておいてくれ」

「分かった」

人が大勢いるカフェテリアの中で国の王女の名前を出すわけにもいかず、俺は咄嗟《とっさ》に偽名を伝えた。

　本名は本人が登場してから伝えるとしよう。

「なぁ、ところでどうしてリッチモンドなんだ？」

「全然関係ないところに興味を持つんだね、君は……モンドは僕の生前の名前さ。モンド・アルタイル・ベルンファスト。ベルンファスト商会の次男坊だった頃のね。リッチとモンドを組み合わせただけの話さ」

「ベルンファスト商会……そうだったのか」

「まさか知っているのかい⁉　もしかして商会は潰れていなくて今も継続されているとか⁉」

「いや、知らない」

「はぁ……なんだよ……期待を持たせるような言い方しないでくれるかな？」

「わーるい」

「ま、でも改めて……これからよろしく頼むよ。フィガロ」

「あぁ、こちらこそだ。リッチモンド」

テーブルの上にリッチモンドの手が突き出される。俺はそれに笑いながら応え、しっかりと握手を交わした。

アンデッドがパーティメンバーとか前代未聞《ぜんだいみもん》すぎるだろう、と思いながらも、リッチモンドが加わる事に喜びを感じていた。

上級アンデッドの中でも上位に入る実力のリッチモンド。その力はかなり心強い。

「すみませんお姉さん。コーヒーのお代わりを。フィガロはもういらないのかい？」

「あ、あぁ。じゃあ俺もお代わりをお願いします」

リッチモンドのお代わりを聞いていたウエイトレスにそう伝え、残りの飲み物を一気に飲み干した。

「で、今後どうするつもりだい？」

「何がだ？」

「冒険だよ冒険。低等級のうちはあんまり派手に動けないけど、五等級より上になれば、ランチアの自由冒険組合支部の中堅になるんだぜ？　そうすれば遺跡《ヴェスティージ》の探索や、未踏の地へも行ける。自由に冒険が出来るようになる！　その時に、最初に訪れる場所や目的なんかを決めないか？」

「気が早いよ……でもまぁ、目標を立てるのはいい事だと思う」

「だよねだよね。僕、色々と調べてみたのだけどね？　ランチア国領の山間部に存在するという、古代遺跡《ヴェスティージ》でもある地上迷宮《アッパーラビリンス》【ワルプルギスの塔】というところが、なかなか手強《てごわ》いらしいんだ。二百年以上前の物らしいんだけど、僕も知らなかったよ。探掘の依頼が出ているわけでもない。でも何人もの冒険者がそこに訪れ、帰ってこない。内部も全て攻略されてるわけじゃないし、モンスターの戦闘レベルもそれなりに高いっていう噂だ。もちろん帰ってくる冒険者もいるよ？　でも結果は散々。組合から推奨されている等級は白金等級《プラチナム》以上。どうだい？　燃えないか？」

コーヒーを片手に語るリッチモンドの瞳は、既にそのワルプルギスの塔に旅立っているらしく、あっちにフラフラこっちにフラフラと落ち着きがない。

リッチモンドの言うワルプルギスの塔とは、七十階以上あるらしい巨大な塔だ。

らしいというのは、塔の上階は常に雲を纏っていて、全容を知ることが出来ないためだ。

誰が、いつ、何のために作り上げた建築物かは解明されていないけれど。

そんなワルプルギスの塔を筆頭に、最近になって発見された遺跡《ヴェスティージ》や、古くから存在しながらも侵入者を拒み続ける遺跡《ヴェスティージ》や洞窟《グロット》がある。

世界中に、未だ全貌が明らかになっていない遺跡《ヴェスティージ》が数多く存在しており、中にはワルプルギスの塔のように迷宮化《ラビリンス》している場所もある。

洞窟《グロット》や遺跡《ヴェスティージ》、迷宮《ラビリンス》探索などは五等級から行えるが、それらの危険度はかなり高く、深層に向かうには組合の認可を得る必要がある。それは自由冒険組合の注意事項にも書いてある。

探索に行く申請が受理されれば、自由冒険組合から回復アイテムやトラップ探知の魔導具、緊急脱出用のスクロールなどの品を支給してもらえる。

対価は遺跡《ヴェスティージ》内、洞窟《グロット》内で得た物品やモンスターの素材など、買取金額の二十パーセントを組合に支払う事になっている。

なのでほぼほぼの冒険者が組合に申請を出してから探索に赴く。

稀《まれ》に自分の実力を過信して、申請なしに探索に行く冒険者がいるのだが、大体が準備不足や実力不足で全滅するか、命からがら敗走するかのどちらかだった。

二十パーセント引かれると分かっていても、組合から支給される物品は有用性が高い。

それで命の危険が少しでも減るのなら、普通は組合を通してから探索に赴く。

リッチモンドに関しては、存在自体が災厄のような上級アンデッドなので一般人の思う脅威も脅威と感じないかもしれない。

「ワルプルギスの塔か……よし、なら俺達の目標はそれにしよう」

「話が早くて助かるよ！　では早速足がかりとして依頼をこなしてくるとしよう。ここの代金は僕が持つよ、それじゃお先に」

「あ、あぁ。もう行くのか、一応伝えておくけど、俺達のパーティ名はフォックスハウンドだ。忘れないでくれよな」

「オーケー。狐に猟犬、なかなかアニマルでいいね。んじゃ！」

リッチモンドはそう言って、お代わりのコーヒーを飲み干してから席を立ち、ウエイトレスに代金を渡して颯爽と店を出て行った。

アニマルって……確かにそうだけど、アニマルって言われるとなんかなぁ。

「さて、俺も一度家に帰るとするか」

日が沈むまでまだ時間はたっぷりある。

今日はオフにして、地下の金庫部屋の中身を確認する事にしよう。果実ミルクの残りを口に流し込み、ウエイトレスにごちそうさまを伝えてから店を出る。

街中は活気付いており、道を歩く人の量も多い。その人混みに混ざり、のんびりと家路についた。

「ただいま」

『お帰りなさいご主人様』

屋敷に着き、扉をくぐると丁寧に屋敷が挨拶をしてくる。

だだっ広い屋敷は少し殺風景すぎて、どこか落ち着かない。

早いところ家具を揃えないとな。

「あれ、クーガ？」

屋敷の中に放していたはずのクーガの姿が見当たらない。

あいつの事だから、俺が帰ってきたらすっ飛んでくると思ったのだが。

『兄者であれば一時間ほど前、突如現れた気配を探りに地下に向かわれました』

「突然現れた気配……？　どういうことだ……それに兄者って……クーガの事か？」

『左様です。兄者は兄者が一番の下僕なので後から来た私は二番の下僕、これからは兄者と呼ぶように、と仰せつかりましたので』

「あ、そうなんだ。ふーん」

『左様でございます』

クーガはまだ地下にいるのだろうか。一時間も地下で何をしているのだろう？　突然現れた気配というのも気がかりだし、急ぐか。

「ちょっと下に行ってくるから警備よろしくな」

『かしこまりましたご主人様』

屋敷にそう伝えて地下へ続く階段を駆け降りていく。

コッコッコッコッとブーツの踵《かかと》が石階段を叩いてリズミカルで冷たい音を奏でる。地下から地上までは直線距離にしてゆうに二十五メートルはあるだろう。

『……で……のですか……』

「ん？　クーガ？」

地下室の扉は開け放たれており、そこからクーガの話す声が途切れ途切れに聞こえてくるのだが……謎の気配の持ち主と話しているのだろうか。

「誰かいるのか？」

『お帰りなさいませマスター！　出迎えも出来ず申し訳ございません！』

「やぁっと帰ってきたか、このすっとこどっこい！」

開け放たれた扉からそっと頭を覗かせ、入口に鎮座していたクーガの背中越しに声をかけると、慌てたクーガと、クーガの向こう側から聞き慣れた声が届いた。

◇　◇　◇

「どこほっつき歩いてたんだスカポンタン」

「クライシス⁉　スカポンタンって……何語なんですか」

「ん？　今じゃ使わんのか？　スカポンタンとかべらんめぇとかチョベリバとか」

「あの、世界標準語でお願いします」

「まじか！　ジェネレーションギャップデカイわー……ってそんな話してたんじゃねぇんだよ。元気してたか？」

「おかげさまで、と言ってもついこの前森に帰ったじゃないですか」

「そうな。まぁ立ち話もなんだ、座れよ」

「あのですねクライシス。すごい自分の家感出してますけどここ、私の家ですからね？　主人ですよ私、しゅ、じ、ん」

「ハッ！　こまけー事言ってんじゃねーよ。はいはいお邪魔してますどうもークラ爺さんでーす」

「うわー、すっごいふてぶてしい」

『マスター……あの、この方がですね、ちょっと世迷言《よまいごと》を吐いておりまして……』

「んだよクーガ。やけに他人行儀じゃねーかよぅ！　ほれこちょこちょー」

『ちょ、やめ、貴様どこ触ってるん、うひゃ！　やえひゃあひゃひゃ！』

「はぁ……」

どこからどう来たのか、地下室にいたのは誰であろうクライシスその人。

森で隠居暮らしをしているはずの彼がなぜここにいて、クーガの全身をくすぐり回しているのだろうか。

森にいた頃、二人がこんなに仲良くしているのを、俺は見たことがない。

クーガとクライシスの戯れは数分続き、クーガのギブアップで幕を閉じた。

クーガは床に崩れ落ち、舌をだらんと出して全身で息をしている。まるで陸に打ち上げられた魚のようだ。

魔獣をくすぐりだけで制圧するとは、やはりこの人は只者じゃない。

って、んなわけあるか。

「ほんと何しに来たんですか？　リッチモンドといいクライシスといい、突然現れすぎです。クライシスも冒険者になりに来たんですか？」

「ん？　ちっげーよ。俺は若返ったとはいえ、中身は千年生きたご老体だぞ。今更冒険者なんて柄《がら》じゃねぇ。それに冒険者は二百年ほどやって飽きたわ」

「に、二百年……ですか。さすがですね……」

床に身を投げ出し、虚ろな目で荒い息を吐くクーガに寄っかかりながらクライシスは言った。もうこの人の基準が分からない。

元から共感しようともしていなかったが、改めて認識した。

千年を生きる大英雄の常識と一般人の常識は違うのだ。

「で、だな。頼みがある。この屋敷に間借りさせてくれねーか」

「間借りって……森の家はどうしたんですか？」

「あそこにはいられなくなっちまったのさ。お前さんが巻き散らかした魔素の影響で、ちょっと生態系がおかしな事になってってな。それが発覚してから、ヴェイロン皇国の調査隊がやたら出入りするようになって」

「はいどうぞ大丈夫です部屋は余ってますのでご自由にお使いくださいただ二階は私の寝室もありますので出来れば三階でお願いします」

クライシスの言葉を途中でぶった切り、捲《まく》し立てるように全てを伝える。

以前、アンデッド騒ぎや通り魔事件などが議題に上がった際、サーベイト大森林に異常が起きている、と聞いていたのだが、あえてスルーしていたのだ。

まさかなーと思っていたが、生態系がイカれるほどの異常事態だったとはつゆとも思っていなかった。

俺のせいでクライシスが住みにくくなってしまったのなら責任は取るべきだし、何より文殊を生み出してくれた人生の恩人でもある。無下《むげ》には出来ない。

「いいのか？」

「構いませんよ。クライシスは私の恩人でもあり、師でもあるのですから」

「くーー！　泣かせる事言うじゃあねぇかべらんめぇ！　お前はいい奴に育ってくれた！　ありがとうなぁ！」

「それに……仮にダメって言ってもどうせ空間切り取って居座るつもりでしょう？　でも、家具とかありませんよ。あの家にあった一切合切はどうしたんです？」

「ん？　あぁ、あれなー。いちいちこっちまで運ぶの面倒くせーからこの地下に転送陣張っちまおうって考えてる」

「てんそうじん？」

「おう、何の変哲もないフツーのやつだよ。こっちでも使ってんだろ？」

「聞いたこともみたこともありませんよそんなの」

「んな馬鹿な。あれ？　でもそう言えばここ数百年、街に買い出し行った時も見かけねーなぁとは思ったんだが」

「単位がおかしいですよ、百年を一ヶ月みたいな感覚で言わないでください」

「歳重ねると時間の感覚がおかしくなっちまうからなぁ。仕方ねえって」

「はいはい、そうですね。まぁこの地下室も俺一人で有効活用出来るとは思いませんので、適当に区切って使ってもらって構いません」

　地下室は金庫室も含めると本当に広い。

森の家の地下室が三部屋は入るのではないだろうか。

邪教徒達が使用していた物は全て取り払ってあるし、床の血痕《けっこん》なども洗い流してある。

あれ、ていうかこの地下室に兵士の捜査が入ったのなら、この地下室が建築法に引っかかっているとバレなかったのだろうか？

それとも大昔の建物だからこんなもんだろう、と思われたのだろうか？

そう考えると少し疑問が残るが、言及されていないので大丈夫だろう。

「んじゃちょっくら陣描くわ。運び終わったら消すから安心してくれよ」

「分かりました。何か手伝えることは……なさそうですね」

描くわ、と言った数秒後にはもう魔法陣が形成されていた。

詠唱もしていなかったので、本当に特別な陣ではなくフツーの陣らしい。

転送陣という魔法は本当に聞いた事がない。

【フライ】と同じく、何かしらの原因で失われてしまった技術体系なのだと思う。

魔法陣が光り、光と同時に魔法陣の上に薄い紫の煙が立ち込め始めた。

「これが転送陣、ですか？」

「おう。この靄《もや》が晴れれば通れるようになる。靄の中に入ると次元が安定してないからどこに飛ばされるか分からんから気をつけろよ」

「へぇー……あ、そうだ。なぜクライシスとクーガが地下《ここ》にいるんです？」

「ん？　お前さんの魔力を追って転移したらなぜかここに出たのさ。んで俺の気配を察したのかそのワンコロが来たってだけの話よ」

「転移……ですか。転送陣が使えるんですしクライシス自身が転移してもおかしくないですね……」

予想通りと言えば予想通りの、常識を超越したクライシスらしい返答だった。

そんなこんなで話しているうちにも靄は晴れていき、やがて縦横三メートルほどの四角い水面のようなものが現れた。

水面は時折波紋を立て、その表面をゆらゆらと揺らしている。

「あっちにはもう転送陣を描いてあっからな、これを潜れば直通だぜ？」

「ほえー、どれどれ……うわ！　本当だ！」

親指でクイクイと指し示すクライシスに従い、水面に顔だけ入れてみる。

一瞬顔が突っ張る感じがして、視界が切り替わると間違いなく、懐かしいあの地下室が目の前に広がっていた。

◇　◇　◇

「ほらどいたどいた」

「すみません」

転送陣を行ったり来たりしながら、クライシスが荷物を続々と屋敷の地下室に運び込んでいる。

もちろん魔法で。

クライシスが両手をかざすと、その対象が重みを忘れたかのようにフワフワと宙を漂う。

原理を聞こうかと思ったが、また長い話が始まってしまうので今日のところはやめておいた。

『マスター、よいのですか？』

「当たり前だろ？　あの人は俺の人生を変えてくれた、あの人がいなければ俺は人間以下の存在だった。だからこれくらい何ともないんだよ」

『出すぎた口を……お許しください』

「ん、いいよ。出すぎたとも思ってない。仲良くやってくれよな」

『仰せのままに』

「さて、俺もやる事やっちゃおうかな」

クライシスの手伝いは必要なさそうなので、俺は金庫室を解錠し中に入る。

リッチモンドに教わった通りに金庫室内の明かりを灯し、前後左右に整然と並べられた木箱達をざっと流し見た。

ラベリングがされてはいるが、文字がほとんど掠れてしまい、判別するのは不可能な状態だった。

試しに手近な木箱に手をかけ、蓋を開けようと試みるも木箱はガッチリと釘打ちされていて開ける事が出来ない。

「力業で行くか」

もう一度木箱に手をかけ、思い切り力を込めて引っ張る。すると木箱は釘打ちされているとは思えないくらい軽やかに蓋が開いた。

「これは……ワイン……だろうけど……二百年も経ってたら最早水になってるんじゃないだろうか」

中には緩衝材に包まれたワインが横積みされており、合計で二十四本のワインが入っていた。

ボトルの一本を光に当ててみると、完全に光を通している。

あまり詳しくないが、ワインは赤いイメージがある。

白いワインも存在するらしいのだが、「白ワインは熟成には向かず数年で味が落ちてしまう、長期間の熟成が可能なのは赤ワインだけだ」と、トワイライトのお客が話していたような気もする。

これが白ワインだとしても二百年前の物だ。

到底飲める代物《しろもの》じゃあないし、赤ワインだったとしても色が完全に抜けてしまっているので、同じく飲める代物じゃあない。

「捨てるのももったいないし、とりあえず取っておこう」

蓋を静かに戻し、部屋の空いているスペースへと移動させる。

その後はただひたすら、木箱を開ける作業が始まった。

「馬鹿みたいに沢山あるな……全部開封するにはどれぐらいの時間がかかるのやら……」

入口付近に積まれている木箱のほとんどがワイン、ブランデー、ウイスキー、蒸留酒、香辛料にドライハーブなどだった。

次にあったのは装飾品。ネックレスにブローチ、指輪にペンダントにイヤリング、これらは魔導具ではなく、単なる装飾品だ。

これだけでも百個以上の木箱を開けている。

また中を確認するのも手間なので、クライシスからインクを借りて木箱の側面に大きく品名を書いていている。

その次に積まれていた物はどうやら工業用や建築用の金属部品で、ネジにパイプにバネ、大小様々なパーツが細かく仕分けられているエリアだった。

建材パーツは必要ないので機会があればこれは全て売りに出してしまおう。

使い物になるかは分からないが、サビついているわけじゃないので、融解するなりそのまま使うなりで用途は広いだろうと思う。

「これって……時刻盤……？　だよな」

箱を開けるのにうんざりしかけていた時、金属棚に置いてあった中くらいの箱を開けると、そこにはブレスレットのようなものが箱いっぱいに詰め込まれていた。

ブレスレットのような物の中心には十二の数字が刻まれていて、さらにその中心から三つの針が伸びていた。

このような小型の物は見た事ないが、市街の噴水広場や街の各所にはこれと同じような物で大型の物が設置されている。

時刻盤は天文学を応用した物で、時間が秒単位で分かる代物だ。

確か製造技術者が少なく、精巧な物を作るには練度の高い技術が必要であり、そういったのは高級品として扱われると聞いたことがある。

腕に巻く部分は樹脂のような硬い物質で出来ており、時刻盤の部分は特殊な金属で作られている。

「クライシスに一つあげるか、それと俺とリッチモンドとシャルルの分。あとは必要ないし、しまっておこう」

詰め込まれている中から適当に四つ選び、箱の側面に大きく時刻盤、と書いて蓋を閉める。

この小型の時刻盤があればかなり便利だろう。

その後は五十個ほど木箱を開けたのだが、毛皮やらコートや首巻きやら冬用の衣類が出てくるだけだった。

恐らくここからしばらくは衣類の木箱が続くだろうと推測し、ここらで一度中断する事にした。

「クライシスー……はもう終わっているみたいですね」

「おお？　こっちは終わってんぞー。しかし何やらでっかい物置があるもんだな。これも商人ゆえのってやつなのか、ただ倉庫代をケチりたかっただけなのか、他人を信用していなかったか、のどれかだなぁ。どうだ、いいもんあったか？」

「知っていたんですか？　あ、リッチモンドから聞いたんですね」

「おう」

クライシスは錬金術台や作業台、書籍に本棚と地下室にあったもの全てを搬入し終わり、一人用のソファに座って本を読んでくつろいでいた。

「ってもこっから上まで運ばにゃならん。ま、転送陣使うんだけどな」

読んでいた本を閉じるとソファから立ち上がり、一伸びした後、手をパンパンと鳴らして次の作業に取りかかるクライシスだった。

「それじゃあ私は上に戻ります。あとこれ、使います？」

「んー？　あぁ時刻盤か……ま、もらっとくわ。サンキュな」

「いえいえ。それでは後ほど」

「おーう。また後でなー」

「行くぞクーガ」

『はいマスター』

一階に上がると屋敷の窓からは西日が差し込んでいた。

「もうこんな時間か……時間経つの早いな」

『本当ですね』

「で、だ。クーガ。お前に会わせたい奴がいるんだ」

『私に……ですか？』

クーガが不思議そうにこちらを見てくる。

何の事だと思っているだろうが、今のうちにシャルル狐と対面させておきたいのだ。

「シャルル、聞こえるか」

ウィスパーリングを起動させ、シャルルに連絡を取る。

常時シキガミを動かしているわけではないので、最初はこのようにウィスパーリングで連絡を取る必要があった。

数度呼びかけてしばらくして、頭の中にシャルルの声が聞こえた。

『はい！　はい！　ごめんね、今お風呂入ってて！　頭洗ってもらってたから返事出来なかったんだけど、湯船に入ったからもう大丈夫よ』

「お風呂!?　ご、ごめんよ」

まだ夕方だというのにもうお風呂とは……王族とはこうも優雅な毎日を送っているのだろうか。

ポワポワと頭の中に風呂に入るシャルルが浮かんできそうになったが、慌ててその妄想を掻き消す。

「実はさ、クーガとシャルルのお狐様を顔合わせしておきたくて」

『あ、そっか。まだクーガとはこんにちはしていなかったわね。じゃシキガミとリンクさせるからこっちは切るわね』

それだけ言ってシャルルの声が途切れた。

続いてベルトにつけておいたポーチから光が漏れ、光が液体のようにポーチからこぼれ出てくる。

『こんこん。こんにちはクーガ』

『なっ！　何者だ貴様！』

『っひゃあ！　おっきい！　お口が！　大きい！　目の前に牙が！　私よ私！　シャルルよ！　お願いだから食べないで！』

光が収まり、デフォルメされたぬいぐるみのようなシャルル狐が姿を現すと、クーガが毛を逆立《さかだ》て牙を剥いて威嚇した。

だがシャルルの声を聞くとすぐに毛と牙を引っ込めて狐の前に座り込む。

尻尾が緩やかに振られているところを見ると、シャルルの声が聞けて嬉しいみたいだ。

『シャルルよ、お主は妖狐の類であったか。この私を欺《あざむ》くとは……その力、あっぱれ』

「違う違う、本物のシャルルは今王宮でお風呂だよ」

『なんと……ではシャルルの分身体か。随分と変わった分身体だなシャルルよ』

『んふ、ぬいぐるみみたいで可愛いでしょ？　しっかしシキガミの視点で見てみるとクーガってほんと大きいわね！　私のシキガミが頭に乗っかりそう！』

『ふふ、そのような矮小さであれば可能であろうな！　よし、シャルルよ私の上に乗るがいい』

『わっ！　あら、これいいわね。ここ私の特等席にしようかしら』

シャルルの狐は大きさでいうと大体六十センチ程度。

お座りしたクーガがシャルル狐を頭に乗せ、シャルル狐がクーガの頭の上でお座りしており、見ていてとても微笑ましい光景になった。

何というか従魔というよりは、マスコットのような感じがする。クーガとシャルル狐が戯れている様子を見守っていた時、唐突に屋敷が喋った。

『ご主人様、来客です。馬車のようです』

『え！　誰！　今の中性的な声誰!?　ご主人様って、フィガロ！　メイド雇ったの!?』

「あぁ、そうか。シャルルにはまだ言ってなかったな。この屋敷喋るんだよ」

『あっなーんだお屋敷ね。お屋敷が喋ったんなら仕方ないわね！　……ってそんなわけないでしょ！　屋敷が喋るわけないでしょ!?　別にメイドを雇ったならそう言えばいいのよ。別に怒ったりなんかしないわよ？』

「いやホントなんだって。詳しい話は今度するから」

『ホントなの……？　屋敷が喋るとかどんなインテリジェンスハウスよ……インテリジェンスアイテムなら王宮にもあるけど、屋敷が喋るなんて』

「落ち着けって、そのインテリジェンスアイテムっていうのが気になるけど、今は来客が先だ」

『そうね、どんな来客か私も見てみるわ』

シャルル狐はそう言ってクーガの頭から飛び降り、俺の体を器用に登って、肩にしがみ付いた。

シキガミ自体の重さはほぼないに等しいので、重みは全く感じない。

『来客が門前で呼び鈴を鳴らそうとしております、門を開けますか？』

「開けてくれ、俺もすぐ出る」

『かしこまりました』

屋敷の声と同時に、表の門が開く音がした。

『あの紋章、伯爵家の紋章よ。気をつけて』

シャルル狐が耳打ちをしてきた。

「伯爵？　伯爵が何で……いやそもそも、どうして伯爵が俺の屋敷を知っているんだ」

門が勝手に開いた事に驚いたのか、訪ねてきた人物が周りをキョロキョロと見回したり、門の裏と表を交互に眺めたりしている。

着ている服装からして、以前、依頼で伯爵家を訪ねた時に出迎えてくれた執事のようだった。

『何でかしら……』

「来るよ、少し口を閉じてて」

伯爵家の執事は俺が玄関口に立っているのを見て、咳払いをしてこちらに歩いてきた。

「これはこれはフィガロ様、お元気そうで何よりです」

「こんばんは。どのようなご用件ですか？」

「実は伯爵様からお食事のお誘いを言付かっております。よろしければこれから、などいかがでしょうか？　本日はご在宅のようで何よりです」

「え……っと……私は男ですが、よろしいのですか？」

「構いません、むしろその事で伯爵様は謝罪をしたいと申しておりますゆえ」

どうやら伯爵は俺が男だと分かっても繋がりを持ちたいらしい。伯爵の意図は分からないが、この家を突き止めた理由も知りたいし、繋がりを持とうとする意図も知りたい。

「分かりました。では用意いたしますのでしばらくお待ちいただけますか」

「それは良かった！　もちろん待たせていただきますとも」

「では」

執事に一礼し、静かに扉を閉める。

『フィガロ！　何でオッケーしちゃったの？　何か怪しいわよ』

「いいんだ。ただの食事会だ。それに伯爵の意図が知りたい」

『もう……分かったわ。私もちょっとお父様と話してみるわね。一度お風呂から上がるからリンクは切るわね』

「分かった」

肩に乗っていたシャルル狐が音もなく元の木像に戻り、俺の手元に残った。

木像をポーチに入れ、準備をするべく寝室へと向かった。

「少し出かける」

『かしこまりましたご主人様』

屋敷に留守を頼み、クーガを影にしまう。

顔を洗い、服を着替えた後、一度地下に行き、とある物を取ってクライシスへ声をかける。

「クライシス、ちょっと伯爵家に行ってきます」

「おー、行ってらー」

クライシスは何やら設備の設置で忙しいようで、機材の山の中から声だけ聞こえてきた。

一階に上がり、数少ない荷物の中からそこそこ見栄えのする布を選び、とある物を包んでから外で待っている執事の元へ向かった。

「お待たせしました」

「構いませんよ。おや、それは……いえ、それでは行きましょうか」

待っていた執事は俺が持つ布包に一度目をやり、何事もなかったように俺を馬車へと促した。

門前に停めてある伯爵家の馬車へ執事と共に乗り込む。

空は黄昏を過ぎて群青色から黒へと染まっており、街灯が照らす通りを蹄鉄の音が軽やかに進む。

我が家から伯爵の屋敷までは馬車であればそう遠くなく、ものの十分程度で着いてしまう。

馬車の窓から外を眺めながらふと考える。

伯爵が俺と繋がりを持ちたい理由についてだ。

普通、貴族同士の食事会というのは滅多に開かれるものじゃない。

晩餐会《ばんさんかい》と称してのパーティは複数の貴族が集まって行い、一種の情報交換場所としての役割がある。貴族が一対一で食事をする、というのは繋がりを作ったり、公《おおやけ》に言えない頼み事をする時くらいなのだ。

それは父からの教えで知っている。

というより、俺はまだ貴族と扱われているわけじゃない。だからこそ余計に不自然なのだ。

伯爵の前に姿を見せたのは二度、祝勝パーティの時と冒険者として伯爵家を訪れた時だけだ。

伯爵家に訪れた時はまだ俺を女だと思っていたから息子と食事でも、という誘い文句だった。

でも今日は違う。

俺が男だと分かった上での誘いであり、いつの間にか俺の居場所も知られている。一応、手土産《てみやげ》

になりそうな物は持ってきたが……。

「一体何を考えているのやら……」

「着きましたよフィガロ様」

「あぁはい。ありがとうございます」

馬車を降りて執事の先導のもと、伯爵が待つ屋敷へと通される。

屋敷の中はこの前と全く変わりなく、強《し》いて言えば、花瓶に活けてある花が変わっている事ぐら

いだろうか。

「こんばんはフィガロ様、先日はお世話になりました。どうぞこちらへ、伯爵様がお待ちです」

「こんばんは、お変わりないようで何よりです」

屋敷に入ると先導役が執事から、この前訪れた際に話したメイドへと変わる。

「突然お邪魔して申し訳ございません」

「いいのですよ。来賓のおもてなしが我々の仕事でもありますので」

メイドは屈託のない笑顔でそう言った。

メイドは歳若いわけではなく、見た目二十代後半か三十代前半あたりではないだろうか。

「こちらです」

屋敷の廊下を抜け、中庭の舗装された小道を歩き別邸のような小さな屋敷を目指す。

風に乗ってハーブや花の香りが漂い、一息吸うごとに、胸いっぱいにそれらの香りが満ちていく。

庭に漂う香りを堪能していると、すぐに別邸へと辿り着いた。

「伯爵様、フィガロ様がお見えです」

「お通ししてくれ」

「失礼します」

別邸は白と茶色を基本とした屋敷と少し趣が異なり、黒を基調とした内装になっており、所々に金や赤などの装飾が差し色として入っている。

照明も魔導技巧を利用したものではなく、燭台《しょくだい》や蝋燭《ろうそく》などの柔らかい光が間接照明として使用されていた。

温かみのある屋敷と違い、別邸は高級感を出すような内装にしているのだろう。

「突然お呼び立てて申し訳ないフィガロ様。ささ、座ってくだされ」

「いえ、今日はたまたま休みだったので構いませんよ。むしろお招きいただいてありがとうございます」

「それは良かった！　今我が家の料理人達が腕によりをかけて調理を行っております。今しばらくお待ちを」

伯爵はテーブルの上にあった水差しからゴブレットに水を注ぎ、俺の前に置いた。

ハーブのいい香りがほんのりと香り、口に含んでみると爽やかな酸味が口の中を満たしていく。

「これは……ハーブを漬けた水、ですか？」

「左様です。さすがはフィガロ様、実に確かな舌をお持ちだ。ハーブもそうですが、レモンも共に漬け込んでおりまして」

「あぁ、だから飲んだ時に酸味を感じるのですね」

「いかにも。まだこれらは実験段階ではあるのですが、様々なハーブや果物を水に漬け込んだフレーバーウォーターを製作中なのですよ」

「それは、素晴らしいですね」

伯爵の様子がどうにも変だ。

どこが、と言われても明確には答えられないのだが、どこか変なのだ。違和感とも言っていいかもしれない。

「単刀直入にお聞きします。私を本日この席にお呼びくださった理由はなんですか？　どうして私の家の所在がお分かりだったのですか？」

　モヤモヤしたまま話すのも嫌だったので、ズバッと切り込んでみた。俺の質問は予想の範囲内だったようで、伯爵は肩を落とし、小さくため息を吐いた。

「その前に……フィガロ様へ謝罪をしなければなりません。知らぬ事とはいえ、貴方様を女性呼ばわりし、あまつさえ息子のお相手などと……どうか、どうかお許しいただけませんでしょうか」

　伯爵はテーブルから離れ、九十度のお辞儀をして以前の事について謝罪してきた。

「貴方様って……私は一介の冒険者、しかも駆け出しの十等級《ルーキー》ですよ。様をつけるなんて」

「フィガロ様は隠そうとしておいでですが、先日貴族達にドライゼン王陛下から直々の書状が回ってきました。フィガロ様は隠そうとしておいでですが、クリムゾン公爵の亡《な》き後は、公爵領を分割し、功績の高い者へその領を与えるという書状。そして二つ目、アンデッドの大襲撃事件とデビルジェネラルによる襲撃事件。この二つを解決に導いた者へ辺境伯の地位を与え、王宮周囲の国境の警備を一任する、というものです」

「それって……」

「はい。フィガロ様が辺境伯の爵位をドライゼン王より直々に受勲された事は……もはや全ての貴族の知るところとなりました」

「貴族全員……ですか」

「はい。フィガロ様はデビルジェネラルのみならず、その前に起こった大襲撃にも加勢していたのですね。道理で数万のアンデッドが一晩のうちに消滅したわけです。そんな事もつゆ知らず……ご無礼をいたしました」

「構いませんよ。それに大襲撃の時に戦ったのは、私だけではありません。というよりアンデッドの大半を倒してくれたのは、この国の兵士達と謎の飛行体の群れだと聞いています。私は従魔をそれに加勢させただけの話。敵の親玉との戦いで手いっぱいでしたから」

「はぁ……数万のアンデッドを操る敵の親玉をたったお一人で……いやはや脱帽ですなぁ……それほどの実力と功績があるならば、辺境伯の爵位も当然と言えましょうな」

伯爵は席を立ち、数歩下がったのちに姿勢を正し、胸に手を当てて上半身を軽く倒した。

あれは何度か王宮で見たことのある礼だ。恐らく貴族が目上の者に対して行う、正式な礼なのだろう。

数秒後、伯爵は朗々と語り始めた。

「この度はデビルジェネラル撃退、及びランチア守護王国の存続を揺るがす大事件のご解決、心より深い感謝と敬意を。いくら国軍が屈強であったにせよ、フィガロ様のお力添えなしでは、この国も滅びの一途を辿っていたであろう事は明白。デビルジェネラルの脅威の前に対抗出来る者が、誰一人としてあの場にはおりませんでした。貴方様がいなければ私はもちろん、あの場にいた全ての人間が惨殺《ざんさつ》されていた事でしょう……フィガロ様には、重ね重ねの感謝を贈らせていただきます。そして改めまして、私はランチア守護王国伯爵家、十二代目当主、クロムウェル・チャーチル・センチュリオンと申します。クロムウェルが名、チャーチルが家名、センチュリオンが爵位称となります。以後、お見知りおきいただければ光栄でございます」

「伯爵様……」

「書面が発行された時より貴方様は私よりも格上、敬称はおやめくださいますようお願い申し上げます」

「わ、分かりました。では……えっと、センチュリオン卿、本日は謝辞とご挨拶という事でしょうか」

「よろしければクロム、とお呼びください。それもございますが、今日は辺境伯となられたお祝い、と考えていただければ」

「そうですか。私の事はフィガロで結構です。ではクロムさん、どうやって私の居場所を知ったのですか？」

朗々と喋るクロムはその場から動かず、頭を上げて俺の質問に答え始めた。

「フィガロ様のお住まいは割と早く断定可能でした。二十七区画にある幽霊屋敷が、一夜のうちに新居同然の佇まいを取り戻した、そこに住むのは小柄な人物。中性的な顔立ちをしており、室内には巨大な獣が共にいる。謎に包まれた人物が幽霊屋敷の呪いも受けず、生まれ変わった屋敷に住んでいる。夜な夜な巨大な獣が幽霊屋敷の屋根に登り、静かに佇んでいる——などという複数の噂はご存じですかな？」

「い、いえ……知りませんでした……」

「やはり……お屋敷に関しては噂だけには留まらず、周辺住民から様々な書状が役所へ届いているとの話も聞きます。内容は定かではありませんが、皆廃墟だった屋敷が一晩で復活した、という現象と、屋根に登る巨大な獣に関して戸惑っておられるのではないかと思われます。二度お会いしたフィガロ様の特徴、大襲撃の際に戦場を駆けた巨大な獣、フィガロ様の出現と同時期に変化した呪われた屋敷、屋敷にまつわる噂話。以上の事柄から、あの屋敷に住んでいるのはフィガロ様であろう、という確定的な推測に至った次第でございます」

「あー……そういう……」

なぜ俺の居場所が分かったんだ、などと勘ぐっていたが、それだけ言われてしまうとそりゃそうだな、と納得せざるを得ない。

確かに自分の事ばかりで近隣住民への挨拶もしていないし、クーガの事もそこまで把握していなかった。

屋敷が様変わりした事は話題にはなるだろうと予測はしていたが、そこまで噂になるとは思ってなかった。

クライシスが目の前で家を作り替えたり若返ったり、クーガが魔獣に変異したり、悪魔が王弟レマットに憑依《ひょうい》していたりと、驚く事が多すぎて、そういう部分が麻痺《まひ》してしまっていたのかもしれない。

驚きメーターが限界突破してしまったんだろう。

クロムの言った近隣住民から役所に書状って、それ絶対クレームだよな……。今度ご近所さんに挨拶回りしないと……。

あそこの区画は上流層だから手ぶらじゃダメだし、手土産も選ばないと……あぁまたお金がかかる……。

一人で暮らすのがこんなに大変で、お金のかかるものだとは思わなかった。

はぁ……。

「それよりクロムさんも座ってください。今回はお食事をするのですよね？」

心の中でため息を何度も吐きながら、金勘定をしていく。

それを悟らせないよう、クロムへ声をかけた。

「では、お言葉に甘えて随伴させていただきます」

不動の姿勢で立っていたクロムは少しホッとして顔で俺の向かいの席に座る。

それを待っていたかのように部屋の扉がノックされ、静かに扉が開いた。

「お待たせいたしました。本日のお料理をお持ちいたしました。まずは前菜から。糖度の高いミツイーラトマトと、レッドバッファローのチーズのカプレーゼ。スープはクルセイダーポテトのビシソワーズでございます。こちらのお野菜とチーズは、伯爵様の領地にて栽培、飼育されたものを使用しております」

コック帽を被った人物が料理を持ったメイドと共に入室し、テーブルに置かれた料理の説明をしてくれた。

目の前に並ぶ冷菜は丁寧に作られており、彩りや盛り付けも鮮やかなものだ。

王宮の料理にも引けを取らない素晴らしい出来だった。

「この野菜達は農薬を使わず、益獣や益虫を使用した自然派栽培で作られたものなのですよ。トマトはあえて虐《いじ》め抜き、糖度を限りなく高めております」

「これも……クロムさんの指導ですか？」

実に楽しそうに野菜の説明をするクロム。俺の質問にも和やかな笑顔を浮かべる。

「そうなんです。私は土いじりが好きでして……お恥ずかしい事に息子には猛反対されているのですがね。農業や畜産は国を支える上で最も重要な要素だと私は思っているんです。たかが野菜、たかが畜生、でもそのたかが、という命に私達は支えられている」

「領地の農民、猟師がいるからこそ我々は食い繋ぎ、生を得る事が出来る。偉いのは我々ではなく毎日自然と向き合っている彼らであり、そこを踏み違えてはならない」

「ほお……」

「あ、すみません！」

テーブルに並んだ料理を愛おしそうに見つめながら話すクロムを見ていたら、父様が口うるさく言っていた言葉が溢れでていた。

俺の言葉が聞こえてしまったのだろう。クロムは目を見開いてこちらを見ている。

「いえ……お若いのにしっかりした考えをお持ちだ。フィガロ様の仰る通りです、領地を持っている我らと命を司っている農民達、どっちが偉いとまでは言えませんが、少なくとも彼らがいる事によって我らが生きていられるのは事実です。それをうちの馬鹿息子ときたら……土いじりなんて下民のする事だ、臭いし汚いし地味だし、楽しい事なんて一つもありはしない、何の役に立つんだ、俺はあんたみたいにはなりたくない、とね」

「仲がよろしくないのですね」

「そうですなぁ……どこで育て方を間違えたのやら。私の土いじりが原因でシャルルヴィル王女殿下との縁談も崩れてしまった、と喚《わめ》き散らす始末でしてね」

「んぐっ！」

クロムの口から飛び出た衝撃的な発言に、飲み込もうとしていたビシソワーズを、思い切りクロムに吹きかけるところだった。

気合いで喉を動かし、ビシソワーズを嚥下し口を開く。

「シャルル、ヴィル王女との縁談!?」

「はい、と言っても一年前の話ですがね。幸運にも我が家にお見合いの話が持ち上がったのですよ。ですが……シャルルヴィル王女殿下は息子を気に入ってはくれなかった。憂《うれ》う美王女と謳《うた》われていたあの頃の王女殿下はか弱く、今にも消えてしまいそうな蝋燭の火のようでした。そんな繊細な王女殿下にはガサツで粗暴なうちの馬鹿息子は合わなかったのでしょうなぁ。しばらくしてなかった事にしてくれ、と連絡がありました」

「憂う美王女、ですか」

「はい。今でこそ快活な方に生まれ変わったようではありますが、一年前は、それはもう儚げな表情をしておられました。うちの馬鹿息子はあろう事かその王女殿下に向かって『貴方は弱く、守る力もない。だからこの俺が貴方を守ってやろう』などと言いましてね」

「あちゃあ……一番触れちゃいけないところを……」

「そうなのです。守りを要としてきた王族に向かって、その発言はダメだと思いましたね。平謝りをしましたが、息子は何も分かっていない様子でして」

シャルルは自分に力がない事を、一番思い悩んでいたとドライゼン王は言っていた。

一年前はひたむきに自分の力を磨いていた頃だ、その時に格下の貴族からそんな事を言われたらあのシャルルでも怒るに違いない。

「挙句の果てには、私が土いじりばかりして武勲を上げないからだ、とまで言われましてねぇ……我が息子ながらほとほと困っておりますよ。我が領地の野菜や畜産はこの国の供給量の半分を占めているというのに……シャルルヴィル王女殿下との会食で使われた食材も、王宮にて使用されている食材も、半分は我が領地の物。それは知っているはずなのですが……はぁ……」

「心中……お察しいたします」

話を聞く限り本当にぶっ飛んだ馬鹿息子じゃないか。

自分の不手際にも気付かず、父親に八つ当たり、自分の家の領地を蔑《さげす》むような言動、とても貴族の子供とは思えない横暴さではないか。

いや、貴族だから、という傲慢《ごうまん》さが全面に出ているような気もする。

縁談があった時点で王族と対等になったとでも勘違いしたのだろうか？

もしそうであれば相当な愚か者だし、クロムの息子とは到底思えない性格をしている。そりゃあこの人も嘆くわけだよ。

「次のお料理をお持ちいたしました」

こめかみを押さえ、深いため息を吐き続けるクロムは悲壮感に溢れ、とても可哀想に思えた。

そんな中、扉が再びノックされ、メイドの声が室内に届いたのだった。

扉が開かれ、空になった食器と入れ替わりに次の料理が置かれる。

「レッドアスパラガスとロックシュリンプをメインにしたサラダと、トリニティフィッシュのポワソン、ダリエスソースでございます」

心中が灰色のクロムとは裏腹に、テーブルには鮮やかな色のサラダとほんのりと湯気の立つ魚料理が並べられた。

「さ、冷めないうちにお召し上がりください」

クロムは料理を食べるよう促してくるが、その顔はどこかやつれたように見えてしまい、俺はなかなか料理に手を伸ばすことが出来ずにいた。

「そうだ！　クロムさん、実はちょっとした手土産にと思ってこれをお持ちしたのですが」

「手土産だなんてそんな！　お気持ちだけで結構です！」

「まぁまぁ！　受け取ってください！」

「で、ではお言葉に甘えて……ほぉ……これは、ワインですかな？」

若干暗くなってしまった雰囲気を切り替えるために、手渡すタイミングをのがしていた手土産をクロムへ渡す。

布包を丁寧に広げてゆき、テーブルの上に置かれたのは金庫室に眠っていたワインだった。

飲めるかどうかは分からないが、二百年前の物だと言えばコレクションアイテムにはなるだろうと踏んでのチョイスだ。

しかし俺の思惑とは裏腹に、ワインボトルのラベルを見たクロムの顔が瞬時に驚愕の色に染まっていくのが見て取れた。

「まさかそんな……こ、これは……そんな馬鹿な……！」

「どうかしましたか？」

「どうかしたどころの話ではありませんよフィガロ様！　このワインを一体どこで手に入れたのですか!?」

さっきまで悲壮感に溢れていたクロムは、精気を取り戻したかのように食ってかかってきた。

テーブルを鷲掴みにし、その衝撃でテーブル上の食器がガチャガチャと音を立てた。

「これは……その、とある人物から譲り受けたのですが生憎《あいにく》私はお酒が得意ではないので……」

あの金庫部屋ごと譲り受けたのは間違いないので、嘘は言っていない。それにしてもこのワインがどうかしたのだろうか？

「これは！　今は滅多に手に入らないと言われている超有名ワイナリーの伝説の白ワインですよ⁉　以前そのワイナリーの百年前のビンテージの白ワインがオークションでせり落とされた際の値段は王金貨三枚という破格の値段です！　貴族なら誰しもが欲しがる垂涎《すいぜん》もののワイン、しかもこれは失われたとされる二百年前のビンテージです！　非常に状態もいい……これがオークションに流れたとしたら王金貨十枚はいくであろう代物なんですよ‼」

「えっ」

「えっ、じゃないですよフィガロ様！　こんな物をいただくわけにはまいりません！」

「で、でも白ワインは長期保存に向かないのでは？　これはあくまで、コレクションアイテムとしてお納めいただければと……」

「なるほど、フィガロ様はお若い、お酒も嗜まない。であれば、このワインの価値など分からないのも仕方ありませんな」

クロムはおもむろに、懐から丸メガネを取り出して言った。

丸メガネをかけ、席を立ったクロムがボトルを持ち、俺の横に立った。

「いいでしょう、ではこの私、不肖クロムが軽くご説明をさせていただきましょう」

「は、はい、よろしくお願いします」

丸メガネをクイッと持ち上げ咳払いをした後、ゆっくりとそのワインの歴史を語り始めた。

「このワインの歴史を遡《さかのぼ》ればそれは約二百五十年前になります、当時ワイン用の葡萄《ぶどう》を生育するには不向きと言われた場所を開墾した零細ワイナリーがありました。しかしそのワイナリーは様々な工夫を重ね、葡萄の生育に成功しました。葡萄の生育から醸造に至るまで研究が重ねられ、ついに糖度の高い白ワインが出来上がりました。その出来は素晴らしく、ワインに含まれる高い糖度と酸により、いつまでも熟成させる事が可能な魔法の白ワインとして世に送り出されたのです」

「へぇ……」

クロムの説明には熱がこもっていた。聞いているこちらとしてもためになる話なので、真剣に耳を傾ける。

「そして時は過ぎ、ワインを扱っていた一人の商人が謎の失踪を遂げました。もちろん当時のワインも共にです。その年のワインは非常に出来が良く、同じ年に魔獣が発生した事もあって魔獣ビンテージと呼ばれる事になります。

幸いにも一部のワインは別の商人が扱っていたので流通はされました。ですが魔獣ビンテージはその逸話とワインの出来もありかなりのプレミアがつくモンスターワインへと変化しました」

「という事は……ひょっとして……」

「はい、ラベルに表記されている［失われた輝きを忘れる事なく、ワインと共に熟成させ、哀悼《あいとう》を捧げん」ということの言葉、これは魔獣の被害にあい散っていった者達の命の輝きの事を指しているのです。そしてその下にその年が記載されています」

クロムの言う事が本当ならば、あの金庫室に眠っているワイン達はとんだ化物《ばけもの》ワインだという事になる。そして、この魔獣ビンテージは王金貨十枚にはなるという。倉庫には同じワインがまだ残っている。

世間一般の平均月額世帯収入が約金貨四枚程度だ。

王金貨一枚＝金貨百枚に相当するのだから、ワインにつけられた値段の高さが分かるだろう。

相当数の世帯の月の家計が、魔獣ビンテージ一本で賄《まかな》えることになる。

もはや次元の違う世界の話に思えて、考えただけで喉がひりつくような変な緊張感が俺を責める。

だが悔しいことに富裕層の中では、ちょっと高い買い物くらいの認識なのだろうな。

しかし等級の高い冒険者ともなれば、数日で金貨四枚を稼ぐ事も可能だ。

命の危険と引き換えに、自分の実力次第で大金持ちになれる可能性を秘めた職業が冒険者。それが危険があるにもかかわらず人気が衰えない理由の一つなのだ。

「あの……このワイナリーのワインはそんなに美味しいのですか？」

「それはもう。極上です。ワインというよりはデザート、デザートワインと言っても過言ではありませんな。トロリとした舌触りはまるで上質なクリームのよう、香ばしいナッティなアロマや複雑なフルーツのような香り、口や喉に染みる上品な甘さと言ったらもう……」

同じワイナリーの白ワインの味を想像したのだろう、クロムの顔は恍惚《こうこつ》としており、頬は緩み、遠くを見つめていた。

「なら、開けましょう！　クロムさんがそこまで言うワイン、とても興味が湧きました。ぜひとも一緒に飲んでいただき、私にご説明を願いたい」

「は？」

俺の言った事が理解出来なかったのか、クロムは真顔でそう返した。

「なので、一緒に飲んでワインの良さを私に教えてください」

「そ、そんな！　本当に？　嘘じゃないですか？」

「そもそものワインはクロムさんにお譲りした物です。クロムさんが仰る通りなら、このワインはかなりの上物。共に杯を交わしたく思いますが」

「そ、それはそうですが……こんな値打ち物を……」

俺の言葉に素直に頷く事が出来ないのか、クロムは丸メガネを上げ下げしながらしどろもどろになっている。

「ワインは飲むために作られたのでしょう？　ならラベルにある通り、哀悼を捧げながら飲むのが正しいのではありませんか？」

「はは、敵いませんなぁ、まさかこの歳になってフィガロ様のような若者に諭されるとは。いや、フィガロ様が出来た方なのでしょうな。貴族のお手本のようなお方だ」

俺の言い分に諦めたような表情を浮かべて、椅子に座り直すクロム。

口ではそう言っているものの、興味は完全にワインへと移行している。

「ですがこの白ワインは甘く、食後に飲む事こそが至高。デザートもご用意しておりますのでその際に杯を交わすといたしましょう」

クロムはそう言うと料理に手をつけ始めたので、俺もそれに倣い料理に舌鼓《したつづみ》を打つ。

「ところで話は変わるのですが、フィガロ様の家名はどのような？」

「家名ですか……」

一応考えている候補はいくつかあった。

いつまで俺が辺境伯を名乗るのかは分からないが、シャルルと結婚するまでは名乗るものだ。

「実を言いますと、私には家名がなかったのですよ。それで新しい家名を考えておけとドライゼン王には言われていたのですが」

「なんと！　ではフィガロ様が初代となられるのですなぁ。してその家名とは？」

「シルバームーン……と名乗ろうかと考えています」

俺の考えていた第一候補をクロムに伝える。

「銀の月……ですか、いいですな！　ロマン溢れる素敵なお名前だ」

「そうですか？　ありがとうございます、ではこれより私はフィガロ・シルバームーンとして名乗っていきますね」

「かしこまりました、辺境伯殿。さて、いかがですかな？　我が領地にて農民達が汗水流して育てた野菜達は」

「瑞々しくて美味しいです。レッドアスパラガスというのは初めて食べましたが、こんなに甘みがあるのですね」

「ありがとうございます。そう言っていただけると民達も喜ぶでしょう。レッドアスパラガスは品種改良した新しい食材でしてな。色合い的に辛いのかと思われがちですが、芳醇な甘さと軽やかな歯応えが特徴の野菜なのです。栄養価も非常に高く生育も難しくない、これからに期待出来る野菜なのです」

弾むような声で説明するクロムからは、野菜への深い愛情が感じ取れた。

話によると、今進められている農作物の品種改良は王弟のベネリも関わっていて、国家プロジェクトの前段階らしい。

ランチアの食料自給率はさほど高くなく、特に有名な名産品などもない。なので品種改良を重ね、ランチア独自の名産品を生み出す必要がある。

国内で生み出せる作物が増えれば、その分他の事に余剰資金を充てる事が出来る。そうすれば様々なところでお金が回り、財政も潤う。

ランチア守護王国は山と平野に囲まれ、海産物は他国からの輸入でしか手に入れる事が出来ない。

魚介類は長期保存用の干物や塩漬け、オイル漬けにした瓶詰めなどは比較的安価に手に入るのだが、海で獲れる生魚などは滅多に市場に出回らない。出回ったとしても高価な食材として富裕層の口に収まるのが常だ。

川に生息する淡水魚などは少なからず流通はしているが、それでも高価なのは変わらない。なので海産物を名産品化するという期待は出来ない。

「フィガロ様のやったように私もね、氷漬けの真似をしてみたのです」

クロムは魚にナイフを入れながらそう言った。

一番最寄りの漁場へ仕入れに行く際、お抱えの魔法使いを同行させ、市場で買った魚介類をこっそり氷漬けにして屋敷に持って帰ってきたらしい。

地下の一角を密閉するように作り替え、そこに氷漬けにした魚介類を放り込めば数日の間は新鮮な状態で食べられるのだ、とクロムは嬉しそうに話した。

自分の領地に大きな池や湖があればよかった、そうすれば淡水魚を養殖出来たのに、ともこぼしていた。

「なるほど、人工的に池や湖を作る事は出来ないのですか？」

「難しい事を仰いますなぁ。小規模の池なら出来るでしょうがそれをいくつもとなるとかなり工事費用などがかかってきますし、成功するかも分からない計画にそんな大金は動かせないですよ。失敗すればただ単に銭投げですからね、あくまでもこれは私個人の考えです。それをベネリ大公に話しても同じ事。お恥ずかしい事に、我が領はそれほど資金が潤沢ではないのですよ」

「でも国がお金に困っている様子は見受けられないのですが……」

「貧乏ではないが、裕福でもない、と言ったところでしょうね。だから国庫を潤すためにも、この計画は成功させねばならんのですよ」

ゴブレットを手に語るクロムと俺の前の皿は、話しているにもかかわらず既に空だ。

それをメイドが下げ、口直しのソルベがテーブルに置かれた。

「魔法で池を作るとかは、しないのですか？」

俺はこの前、トワイライトの中庭に作ってしまった小さな池の事を思い出し、それとなく聞いてみる。

「あっはっは！　フィガロ様は面白い事を仰いますなぁ！　魔法でそんな事が出来たら苦労はしませんよ。魔法で大地に穴を開け、穴の周囲を水漏れなどないように加工して舗装する、そこに魔法で水を溜める——言葉で言うのは簡単です。ですが魔法を使うのは人間、人間には魔力の限界があります。大規模工事レベルの術を、おいそれと使えるような人間はいませんよ。魔法は万能ではないのです」

「そう、なんですか。すみません」

魔法は万能ではない、か。

我が家にいる真逆な事を言うトンデモな人と、クロムを会わせたら心臓が止まってしまうんじゃないか、と一瞬思ってしまった。

その後も話と会食は続いたが、クロムが話す事は領地の事と農作物の話、事業計画の話などが主だった。

これまで話を聞いていて、思うところがある。

いくら俺が辺境伯となったからと言ってこうもポンポン大事な話をするだろうか。

国家プロジェクトの前身とはいえ、重要な案件である事に変わりはない。だとすればクロムには何か思惑があって、ぺらぺらと喋っていると思うのが自然だ。

「クロムさん、それで、私に何をして欲しいのですか？」

色々な野菜やハーブ、果樹など品種改良に着手している物達の話を熱弁しているクロムを遮《さえぎ》り、単刀直入に切り込む。

俺が腹芸で渡り合おうなんてさらさら思わないし、そんな実力もないし世間一般の事もあまりよく知らない。

無駄な前置きをされたところであまり意味はない。

「むう……フィガロ様は本当に成人したばかりなのですか？　よく頭が切れるお方だ。では単刀直入にお願いをしたい」

「はい、私が可能な範囲であればお手伝い出来るかと」

「辺境伯フィガロ様の領地の一部をお貸しいただきたいのです」

クロムは持っていたゴブレットを静かにテーブルに置き、丸メガネを外した。

「理由を聞いても？」

「はい、現在進めている計画の一部に水田が必要になるのです。フィガロ様の領地となる場所には泉が何ヶ所か存在しておりまして」

「今までは王の管轄だった土地が、私に移行した事によって話が通りやすくなった。そこにある土地と泉を貸して欲しい、という事ですね？」

「水田だけではありません。その他の事案でもフィガロ様の土地をお借り出来れば……というよりその事業をフィガロ様の領地でやらせていただきたいのです。もちろん無償でお借りしようとは思っておりません。土地の使用料として少なくない金額を月々お支払いする予定です。どうかお考えいただけないでしょうか」

そういう事か。予想通りと言えば予想通りだが、まさか使用料をもらえるとは思わなかった。

これは渡りに船かもしれない。

「いいですよ。お伺いしたい事は沢山ありますがその条件であればお貸しいたしましょう。周囲の警備などはどうしますか？」

「警備、ですか？」

「森には多数のモンスターが生息しています。水田の工事をするにしても作業員だけを派遣するわけではないでしょう？　それに水田が完成したとしても苗や生育中の新芽をモンスターに荒らされないとも限りません」

「確かにそうですね……平野と違い森には死角やモンスターが段違いに多い」

「一つ提案なのですが、警備用の人員は私におまかせ願えませんか？　土地の使用料は下げても構いませんので、その分プラス警備人員への給料としていただければと」

この時、俺の中である計画が浮かんでいた。

警備の人員には心当たりがあり、その人達に水田の警備を兼ねて領地の警備もやってもらう。

賃金の一部はクロムからもらい、あとは金庫室に眠っているあの白ワインを二本ほどハインケルに捌《さば》いてもらえば、諸々必要経費も払えるだろう、と考えていた。

「かしこまりました。領地をお貸しいただくのです。そのへんの人員はフィガロ様へお任せいたしましょう。お支払いの件もそれで構いません」

「ありがとうございます」

実は俺の中で、ある人物達が気になっていたのだ。

俺の部下となってくれたトロイの面々に、コブラとドントコイだ。

ここしばらくは連絡を取っていないが、彼らは今でも裏社会の中で生きている。

俺はトロイの面々がやりたくて裏社会にいるのではないと勝手に思っていた。

コブラの話を聞いてからずっと思っていた事でもあった。アルピナも過去には裏社会を生きた男だ。

彼は生きる道がそこしかなかったから裏社会に身をやつしていたと言っていた。

それはコブラやドントコイ、トロイの面々も同じなんじゃないかと。いくら暴力で捩じ伏せたからと言っても、俺のような子供についてきてくれる奴らだ。

根は良い奴らなのだと俺は思っている。ついてきてくれるのなら助けたい。

それに辺境伯の部下が裏社会の武闘派組織だなんて公にも言えないし。

俺が考えた計画は、トロイの面々を裏社会から引き摺り上げ、領地の警備隊として雇用するというものだ。

そうすればこっちは人員確保も出来て、トロイの面々を裏社会から表の世界へ導く事が出来る。

ウィンウィンではないか。

まぁ、一番の問題は給料面だが、警備から溢れた者は最悪クロムの領地で働き手として使ってもらえばいい。

トロイの面々が納得すれば、なんだけれど。まだ計画段階の話なので、すぐに動く必要はないだろうが記憶に留めておくべきだろうな。

俺がそこまで考えていた時だった。

外の廊下が騒がしい事に気付き、クロムを見ると彼もまた同じように廊下へ注意を向けていた。

ドスドス、という力任せに床板を踏み付ける乱暴な足音と、メイドが足音の主であろう人間を引き止めている声が聞こえた。

「今はお客様が！」

「うるさい！　俺に意見するな！」

「坊っちゃま！」

声の主は若く、この横暴な言い方をする人物を予測するのは簡単だった。

「クロムさん、もしかして」

「はぁー……どうしてこうトラブルばかり起こすのか……フィガロ様のお察しの通りでございます」

クロムが呆れ果てたように言い捨てたのと同時に、部屋の扉が大きな音を立てて開かれた。

「おい親父！　どういう事だ！」

「静かになさい、お客人の前だ」

これが噂の息子か。

父であるクロムに向かって「おい親父」と吐き捨てるとは……。これがアルウィン家なら袋叩きにあって庭先へ吊るされてるところだ。

なるほど、見た感じ粗暴さや頭の悪さが滲み出ている。

身長は百六十五センチくらいだろう。歳は分からないが、俺より年上なのは間違いなさそうだ。

カーキ色のパンツを崩したように穿《は》き、上半身は黒のタンクトップ、褐色の肌に浮き上がる筋肉はよく鍛えられている証拠だろう。髪は短髪で茶色、目の色も同じく茶色。

三白眼の目は獲物を狙う猛禽《もうきん》類のようだ。

「ふん、こんなガキが客かよ。いよいよもうろくしてきたな親父よ」

「お前はっ……！」

クロムの言葉を受けても態度は改まる様子もなく、座っている俺を見下したまま、クロムと俺の両方を馬鹿にするような言葉を発した。

「お前！　今すぐこの方に謝れ！」

「はぁ？　俺は伯爵家次期当主であり、男爵様だぜ？　何でこんな男か女かも分からないナヨナヨしたガキに、頭下げなきゃならないんだ？」

「はじめましてこんばんは、貴方がクロムさんの息子さんですか？」

「そうだ。この俺こそが伯爵家長男、そしてあのシャルルとも縁談があった男さ。今は確かな交流こそないがいずれはこの俺が次期国王となる！」

なんだこいつ。

馬鹿だ馬鹿だとは思っていたけれど、ここまで馬鹿だとは……。

頑張って愛想笑いを作るが、両頬が引きつって仕方ない。

クロムを横目で見ると、頭を抱えてブツブツと何かを呟《つぶや》いている。

当の息子は何も気付かずに腕を組んでふんぞり返っている。むしろここまで来れば一周回って清々《すがすが》しいな。

「貴方がですか？　すごいですね。ですがシャルルヴィル王女殿下を呼び捨てにするなんて、不敬罪で捕まりますよ？」

「未来の嫁を呼び捨てにして何が悪いんだ？　ドライゼン王とも何度かお会いした事がある。その際、お前はもう少し色々と学ぶべきだと言われた。これは、次期王として様々な経験を積むべきだ、という事に他ならない。俺はドライゼン王に認められたのだ」

「え……あ……」

どうしよう。

どうしたらいい。

言葉が出ない。

こいつ、ドライゼン王直々に、やんわりとシャルルとの交流を断られた事が分かっていない。むしろ認められたとか言ってるんですがそれは。

こいつは虎の威を借る狐であり、クロムが持つ爵位の一つを借りているに過ぎない。

言わばハリボテの爵位。それを誇らしげに語るとは恐れ入る。

シャルルと縁談をしたからと言って、王族を呼び捨てにしていい道理はない。

クロムの息子は、貴族という存在を根本的に理解していないのだろう。

だが残念な事に、こういった貴族の馬鹿息子というのは少なからず存在するらしいのだ。

「申し訳ございませんフィガロ様！　謝罪を重ねても足りぬ重罪！」

「何を言っているんだ、親父。こんなガキに謝る必要などない。ここは伯爵家だぞ。親父がもっと堂々と振る舞わないからアレコレ言われるんじゃないか！」

「もういい、お前は黙ってろ……このお方は」

クロムが顔を蒼白にしながら俺に謝ろうとするが、それを息子が割り込んで邪魔をする。

おまけに父に文句を言う始末。クロムは優しい父親なのだな、と俺はこの時思った。

しかし息子が喋る度に、色々とぶち壊している気がする。

俺は息子の言う通りまだガキだし、フィガロという辺境伯の顔も広くは知られていない。

権力を振りかざすという愚物の極みのような行為もしたくない。変にトラブルを起こしたところで面倒臭い事になるだろうし、ここは穏便に済ませよう。

「ぴーぴーぴーぴーぴーうるせぇよ三下。客前って意味、お前知ってんのかよ。虎の威を借る狐が喚くな。今は大事な話をしてるんだ。下がれ馬鹿」

あれ？

今誰が喋った？

俺はこんなこと言うつもりなんて……穏便に済ませようと……。

「なんだと!!」

クロムの息子、名前知らないし名乗らないからジュニアでいいや。クロムジュニアの顔に青筋が立つのが見て分かる。

俺が思いに反して口走ってしまった言葉を理解したようで、クロムジュニアの顔がどんどん赤く染まっていく。

「貴様！　次期国王のこの俺に向かって！」

「ぎゃあぎゃあ騒げばいいってもんじゃねーんだよ。そんなんだからシャルルに見限られるんだよ馬鹿」

「貴様ぁ！　この俺様を侮辱するか！」

自分でもこんなに口が悪いなんて驚いた。

考えないようにしてはいたが、胸の内では結構怒っていたらしい。ひょっとして俺って短気なのかな？

俺の事をガキと言うのは構わない、事実だから。

けど、父親であるクロムを馬鹿にするような言動は理解しがたい。

育ちの違いなのかもしれないが、自分の父親がどんな存在でどんな功績を上げているのか、そういった事実を理解しようともせずに、ぎゃあぎゃあ騒ぎ立てる事が不快だった。

おまけにシャルルが未来の嫁だと？

ふざけるのも大概にして欲しい。

シャルルを嫁にするのはこの俺だ。

よくもまぁぬけぬけと言い切れるもんだ。

と、心の中のモヤモヤした俺がプンプンだ。

イラつきを堪えながら横目でクロムを見ると首を横に振っており、少し自嘲《じちょう》気味に笑っていた。

「侮辱じゃなくて事実だ。シャルルもお前みたいな奴と飯食うとか苦痛だったろうな、認めろよ雑魚男爵」

「貴様ぁ！」

「よせ！」

俺の言葉に耐えられなくなったのか、クロムジュニアは拳を固く握りしめ、殴りかかってきた。

「遅い」

クロムジュニアは俺の頬を思い切り殴り付けたかったのだろうが、残念ながらそれは叶わない。

怒りの形相をしているクロムジュニアの拳は、俺の頬の横でプルプルと震えている。

そして拳の前には俺の人差し指が一本。

重心もスピードも乗っていない、大振りな素人のパンチなんて指一本で充分止められる。

「馬鹿な！　貴様何をした！　さては魔法だな！　正々堂々とやれ！」

激情に身を任せて殴りかかってきておいて、正々堂々もないだろう。

「魔法なんて使ってない。これが実力の差だ。分かったか三流男爵君」

「馬鹿な！　こんな事があるわけない！　俺は学院の拳闘大会で優勝した男だぞ！　それをお前みたいなガキに止められるわけがない！」

自らの栄光に驕り目の前の現実を認めようともしない、か。

学院の拳闘大会だか何だか知らないが、こんな奴が優勝だなんてたかが知れてるな。

だがその栄光があるからこその、この横暴さといったところだろうか。

「あのさ」

「いい加減にせんかこの愚か者が!!」

「ぐぶっ！」

俺がクロムジュニアに言い返そうとした時だった。

怒りと混乱に支配されているクロムジュニアの頬を、クロムのストレートパンチが打ち抜いた。

突然のパンチに、クロムジュニアは受身も取れず、壁に吹き飛ばされて転がった。

「大変申し訳ございませんフィガロ様！　愚息がしでかした事とはいえ私にも責任があります。どのような処罰も甘んじてお受けいたしますのでどうか……どうか……」

床に転がっている息子に目もくれず、ひたすらに謝罪の言葉を述べるクロム。

当の息子は白目を剥いて、起きる気配はない。

全力パンチを、意識の外だった側面からモロに食らったのだ。脳が揺らされて、しばらくは起きてこないだろう。

土いじりばかりと馬鹿にしていた父親に、パンチ一発で沈められるのはどのような心境なのだろうか。

「大丈夫です。領地をお貸しする話と、これとは無関係、お気になさらず」

「ありがとうございます。寛大な御心に感謝を」

「しかしまぁ……大変な息子さんをお持ちですね」

「はい……どうにかならんものでしょうかね……」

神妙に話す俺とクロムを邪魔しないよう、メイドと執事が床に転がっているクロムジュニアを部屋の外へと引き摺り出している。

あのままクロムが殴り飛ばしてなければ俺の拳が飛ぶところだった。

さすがに殴りかかられて平然としているほど、出来た人間ではないし。

「してフィガロ様」

「なんでしょうか」

部屋の外へと運び出されるクロムジュニアを尻目に、クロムが申し訳なさそうに次の話を持ちかけた。

「なぜか分かりませんが、フィガロ様は身分をお隠しになられたいご様子。辺境伯となれば立派な大貴族でございます。その気になればほとんどの人間が言う事を聞くというのに……まぁそれは兎も角として、今後困った事があれば私を後ろ盾としていただいて構いません。これでも一応は伯爵を背負う身、それなりに知名度は高いと自負しております」

「それは思ってもみない良いお話ですが……よろしいのですか？」

「構いません。それがせめてもの罪滅ぼしになればと思いますので。フィガロ様であれば権力を振りかざす事もないでしょうしな」

「権力を振りかざすのは愚か者のする事です。どこぞの男爵とは違って弁《わきま》えているつもりですよ」

「実に耳が痛いですがさすが、ですな。ささ、食事の続きといたしましょう」

俺とクロムは一度テーブルの上で固い握手を交わし、さりげなく用意された肉料理へと手を伸ばした。

「フィガロ様は冒険者になられたのでしたな」

「はい、あまり世を知らぬこの身ゆえ、見聞を広めようと思ったのと、冒険がしてみたかったのですよ」

「立派な心掛けですな。フィガロ様の強さであれば伝説と謳われるヒヒイロカネも手が届くでしょうなぁ」

「なりたいですね、冒険者の最高峰と呼ばれる頂は憧れです」

「となればいずれ他国領へ？」

「機会があれば足を伸ばしてみたいですね。迷宮《ラビリンス》と呼ばれる場所も魅力的です」

先ほどの騒動などなかったかのように歓談する俺とクロム。

話しながらもテーブルの上の料理はみるみるなくなっていく。

「なるほどなるほど、であれば異種族との交流も避けては通れない道ですな」

「ですね。亜人《デミ》や獣人《ビースト》を始め、世界には数多くの種族が存在していますからね。種族が違えば宗教や習わし、文化もまた違う」

俺がそう言うとクロムは肉にフォークを突き刺して持ち上げ、左右に振る。

目は伏せられているが、口元は緩んでおり何かに想いを馳せているような、そんな顔付きだった。

「ですがそれがまた面白い」

「お、クロムさん分かってますね」

「そりゃ私も若い頃は冒険者をやっておりましたからなぁ」

「本当ですか⁉」

まさか、と思った。

クロムは恐らく五十代前半か半ば、眼光も物腰も柔らかく、木々や草花を愛する優しい男だと俺は思っていた。

正直な話、冒険者をやっていたと言われても全然信じる事が出来ない。

「本当ですとも。フィガロ様がよろしければちょいと私の戦歴でもご覧に入れましょう」

「はい！　お願いします！」

見た感じは痩躯なクロムが、一体どのような冒険を経験してきたというのだろう。

テーブルから立ち上がったクロムを、俺はまじまじと見る。

俺の視線を感じたのか、少し誇らしげな顔になり、クロムはおもむろに上の服を脱ぎ始めた。

「傷だらけ……ですね」

「いかにも！　まぁ傷を受けたのは初期の頃です。治癒魔法で完全に治す事も可能だったのですが、私はあえて残しました。自分への戒めとして、後を追う者への道標として、ね」

はだけたクロムの上半身は、至る所に傷跡が残っていた。

クロムの経験してきた戦いの記録とも言っていいそれは、痛々しくもあったが、風情があった。

痩躯に見えた体躯も、無駄なく鍛え上げられた筋肉の塊《かたまり》であり、研ぎ澄まされた一本のサーベルのようだった。

「実は私、チャーチル家では三男だったのです。家督を継ぐわけでもなく冒険者として放蕩三昧の日々。当時は軽戦士を生業《なりわい》としておりましてな、東西南北とそれはもう色々な所へ行きました。ですがある日、私宛の手紙が届きました。自由冒険組合の様々な支部を経由してきたそれは手紙が出されてから実に三ヶ月が経っておりました」

「手紙、ですか」

自らの肉体に刻まれた傷跡を、実に愛しそうに撫でながらクロムは語る。

「はい。手紙には上の兄二人が……戦争で散った、とありました。本来ならば危険の少ない後方部隊に配属される予定だったのですが、たまたまその時、敵の奇襲を受け……そう手紙には綴《つづ》られておりましたよ」

「それで家督を継ぐ者がクロムさんしかいなくなった、というわけですか」

「そうです。知らせを聞いた私はすぐに家に戻りました。冒険者を辞め、チャーチル家の当主としての勉学に励みました。ですが両親は、兄二人を同時に失ったショックでみるみる衰えていき、数年後に衰弱死しました。それが二十年前の話です」

遠くを見るクロムの瞳にはうっすらと涙が滲み、今にも溢れそうだったが、その顔は笑っていた。

親兄弟を失った悲しみを乗り越え、伯爵家を潰さずにここまで引っ張ってきた思い出に浸っているのだろう。

料理は全て出切ったようでテーブルの上は綺麗に片付けられ、最後のデザートを待つばかりとなった。

「ま、私の過去話はこれくらいにしておきましょう。こんな話をしたのも、冒険者としてこれから活躍されるであろうフィガロ様へ、少しばかり激励の品を贈りたく思いましてな。私の過去話は、それのエピソードとさせてください」

クロムはそう言うと懐から大振りのネックレスのような物を取り出した。

銀色のチェーンに取り付けられたトップには蓋がついており、装飾などは一切ない無骨なデザインだ。

「これは？」

「先ほど仰られておりましたが……フィガロ様は冒険者にとって避けては通れないと言っていい迷宮《ラビリンス》の事はどれぐらいご存じですかな？」

「はい、文献などでよく読んでおりましたのでそれなりには」

世界中に散らばる遺跡《ヴェスティージ》や洞窟《グロット》、秘境、それらにならんで有名なのが迷宮《ラビリンス》と呼ばれる場所だ。

どのように生成されるかは明確になっていないが、超自然的に生まれる迷路のような場所。

そこには数多のモンスターが住み着き、最深部には必ずと言っていいほど強力なモンスターが巣食っている。

閉鎖的な空間にモンスターなどが集まると、自然と魔素も濃くなっていく。

その魔素を糧にして迷宮《ラビリンス》は成長を続け、訪れる者を呑み込んでいく、その様は無機質な生き物とも言える。

迷宮《ラビリンス》が魔素を吸収するために秘境化する事はないが、迷宮《ラビリンス》自体がそこに巣食うモンスターに力を分け与えているとも言われる危険な場所だ。

生成される場所は主に遺跡《ヴェスティージ》の地下や、洞窟《グロット》などの地底空間。

最も珍しい迷宮《ラビリンス》は、北方にある都市の地下に建造された集団墓地の中に生成された通称【カタコンベ】と言われる迷宮《ラビリンス》だった。

出現するモンスターは様々で、迷宮《ラビリンス》内で独自の進化を遂げる個体もいるらしい。

「なるほど、では細かい説明は省きましょう。これは【ラビリンスシーカー】と呼ばれる魔導具、いや魔宝具と呼んだ方がよろしいかもしれませんな。私が冒険者の時に潜った迷宮《ラビリンス》でたまたま見つけた物でしてなぁ、不思議な事にこれを起動させると近くにある迷宮《ラビリンス》を指し示してくれるのですよ」

「そんな貴重な物を受け取るわけには……！」

「いいのです、せめてものお礼として受け取ってくだされ。そうですな、ワインの返礼品として、ではいかがですかな？」

「そういう、事なら、受け取らせていただきますよ」

視界の端に映る魔宝具から目を離せず、思わず生唾を飲んでしまう。

持っているだけで迷宮《ラビリンス》の場所を示してくれる、なんて魔導具聞いたこともない。

迷宮《ラビリンス》お手製の、と言った感じなのだろう。

きっとこれだって、売りに出せばかなりの値になるはずなのだ。

「良かった。この老骨が後生大事に持っていたところで、使い道などありませんからな。強いて言えば……さしずめペーパーウェイトくらいしか使い道はありませんよ。武具やアイテムは持っているだけでは効果を発揮しない。ちゃんと装備する事が大事なのですよ。ここで装備していきますかな？」

「確かにクロムさんの仰る通りです。ではお言葉に甘えさせていただきます」

俺がそう言うとクロムは手に持っていたラビリンスシーカーを俺の首にかけてくれた。

ラビリンスシーカーを手に持って見てみると、細かい傷などはあるもののサビや汚れは見当たらない。

良く手入れされていた事が分かる。

「さてさて、冒険者としての私はもう退場させていただきまして、伯爵家当主に戻るとしましょう。丁度デザートも来たようです、今こそフィガロ様からいただいたワインを開けましょうぞ」

テーブルの上に置かれていたワインを見ながらクロムが言った。

その視線は期待と熱に溢れていて、口元も緩み切っている。

きっとクロムはワインが好きなのだろう。でなければ失われたビンテージがどうたら、なんてウンチクは出てこないだろうし。

好きこそ物の上手なれとは言うけれど、この人は本当に農作が、土が、自然が好きなのだろうな。

元冒険者であり伯爵現当主、土いじりが好きという実にアンバランスな御仁だが、そこがクロムの好印象たる所以《ゆえん》か。

息子は不快の極みだが、この人とは長くやっていきたいものだ。

なんせ国の食料供給の五十パーセントも担っている人物だ。

人が生きるために必要とされる衣食住のうちで、重要な要素である食。

健康な体と食べ物は切っても切り離せない関係にある。

住む家と着る服があっても食事をしなければ人は生きていけないからな。

そんな事を考えている間に、クロムは実に慣れた手つきで手際よくワインを開封していた。

ワインオープナーのスクリューが剥き出しになったコルクへと突き刺さる。

コルクへ吸い込まれるようにスクリューが埋没していき、ゆっくりとオープナーが引き上げられる。

少しずつ少しずつ露わになるコルク。やがて小さくスポッという音が鳴り、クロムは大きく息を吐いた。

「ふぅー……実に緊張しました。二百年物など開けた事がありませんからな！　コルクが折れないかヒヤヒヤしておりました。ささ、どうぞどうぞ」

クロムは額を拭く動作をしておどけた後でコルクの匂いを嗅ぎ別に用意された小さなワイングラスでテイスティングを行った。

満足げに頷いたクロムは、俺の前に置かれたワイングラスへゆっくりとワインを注いでいく。

チョロチョロという音と共にグラスへつがれていくワイン。

その色は風になびく黄金の稲穂のようにも、光の加減で新芽のような若々しい緑にも見える。

クロムは自分のグラスにもワインを注ぎ、液体をじっと見つめた後グラスに鼻を突っ込んで深呼吸をした。

途端に蕩《とろ》けた顔になるクロム。ほぅ、と小さなため息が吐かれ目は伏せられている。

俺もクロムに倣い同じようにグラスへ鼻を突っ込んで深呼吸をした。

「な……」

ワインの香りが鼻腔に入った瞬間、稲妻のような衝撃が俺の中に走った。

「たまりませんな……これが伝説と謳われるワイン……実に、実に繊細で優雅だ……」

クロムはゆっくりとグラスを回し、中のワインを揺らしている。俺はと言えば、感じた衝撃に言葉が出ずにいた。

その点クロムは実に饒舌《じょうぜつ》に語り始めた。

「果実の王、サンアレクサンドリアメロンのような濃厚な香りや新鮮なハーブの香り、熱々のブリオッシュにバターを乗せた時のような香ばしい香りなど、実に様々な香りが手を取り合って鼻腔の中に舞い踊っております。最後には白い花のような優雅な香りがそっ、と顔を出して胸の中に溶けて消え、若干の物悲しさを感じますな」

ほぅ、と小さく息を吐き、うっとりとした表情でグラスに揺れるワインを見つめている。

クロムは次に少しだけワインを口に含み、舌の上で転がしてから静かに飲み込んだ。

それはとても様になっていて大人の見本、いや、貴族の見本とも言うべき享楽を楽しむ堂々とした姿だった。

俺も同じように少しだけ口に含む。

トワイライトの客が言うには、白ワインは酸っぱかったり辛かったりするという。

香りから察するに、このワインがそんな味を持っているとは思わなかったが……。

口に含んだ瞬間だった。

「甘い……でも……しつこくない……」

滑らかで濃厚な甘さだが、舌が疲れるほどの甘さじゃない。

これは本当にワインというお酒なのだろうか。

俺が聞きかじったワインの味とは全く違う。

パワフルで厚みのある味が、口から体の中へと押し寄せる。

ちらりとクロムを見ると彼は目を閉じ、何かを考えているようにも見えた。

そして静かに口を開く。

「最初に感じたのは甘み。砂糖菓子のような甘さではなく、これは蜜ですな。高級な蜂蜜やメープルシロップを思わせる濃密な甘みが口の中いっぱいに広がる……トロリトロリと舌の上で踊り、歯の一本一本を優しく撫でるこの味はエルフの子守唄のように優しく、巨人族《ギガンテス》の剛腕のように力強い。かと思えば、口の中の甘さを洗い流すようなさっぱりとした果実の酸味がコボルトのようにあくせく走り回る。それのおかげで甘さによるくどさが全く残らず、次の味が楽しめる。コボルトが口の中の甘さを綺麗にしてくれた後に流れ込むのは、多種多様な味の奔流。徒党を組み、獲物を追い詰めるように走り回るブラッドレイハウンドを思わせる獰猛さをもって口の中を蹂躙《じゅうりん》する。火打石、貝殻、土、岩塩、鉄、若草、樹皮など様々な味わいの塊がだんだんと溶けていくような複雑な味。最後にはあらゆる味を許容し、受け止め、慈愛に溢れた腕で全てを抱き寄せる。まるで豊穣《ほうじょう》の女神が舞い降りたような神聖さが口の中を満たしてくれました……」

ダメだ。

俺がクロムのように、全ての味を表現するのは無理に等しい。

しかし二百年経った今でも、このように味を保ち続けているワインの底力は凄《すさ》まじい。

「どうでしたかな?」

一口飲んで惚《ほう》けていた俺に、クロムが優しく語りかける。

「素直にもっと飲んでみたいと思いました」

「そうでしょうそうでしょう……私がこのワインを表すとすれば……そう、森です。実り豊かな森を感じました。その森の木々に成った果実は甘さの極限まで熟していながらも決して地に落ちる事はない。森に生きる動植物は逞《たくま》しく、優しい。森の住人のエルフや巨人族《ギガンテス》は、獣達と手を取り合っています……例えるなら、豊穣の女神の加護に満たされた神聖な森……」

「詩人ですね……」

グラスに残るワインを見つめながら、クロムの表現に対してそう答えた。

俺の答えを聞いたクロムは再び口を開く。

「これが貴族の嗜みというやつですな。ですがこのワインはデザートと合わせる事で、さらに高次元へと昇華いたします」

そんな馬鹿な。これより上があるというのか。

俺はクロムの言葉が信じられなかった。

だが彼の言う事だ、嘘ではないのだろう。

逸《はや》る心を静め、俺は用意されたデザートへ手を伸ばした。

デザートと白ワインを共に口にしてみたが、もはや俺のキャパシティではただ美味しいとだけしか表現出来ないくらいには美味しかった。

食事とワインを合わせる事をマリアージュというらしい。

マリアージュって結婚とか婚姻とかって意味だよな。

結婚か……俺とシャルルもこのワインとデザートのように、仲睦《なかむつ》まじくなりたいものだな。

「この機会に、ぜひフィガロ様もワインを嗜んでみてはいかがですかな？」

と、非常に上機嫌で話すクロム。

その後は様々な話をした。

冒険の話を聞いては心を躍らせ、伯爵領の話を聞いては感心し、クロムはとても話し上手で、語る話は非常に面白かった。

当主を継いだ後の苦労話もしてくれた。

領地を守る事の大変さ、他貴族との確執、汚職に対しての考え方などなど、実にためになる話ばかりだった。

俺も自分の過去を話せる限りは話した。

家を勘当された事や従魔としているクーガの話、アンデッドの大襲撃事件の裏話などが主だった。

話をしながら飲んでいたワインは一時間程度で空になり、クロムは俺でも飲みやすい低アルコールの飲み物を用意してくれた。

楽しい時間はあっという間に過ぎていった。

初めてお酒という物を飲んだが、これは実に良いものだ。

頭と体がふわふわする。

行ったことはないけど、雲の上にいるようにふわふわ。

とても気持ちが良い。

酒に呑まれるなとは聞くが、なるほど確かにこれは呑まれてしまいそうになる。

「少し話しすぎましたな……もう月が傾き始めております」

クロムが窓から空を見上げ、実に惜しそうに言う。

「はぁ……ひょんなじひゃんですかぁ」

白ワインを開けた後、一人で赤ワインを一本開けているというのにクロムの立ち居振る舞いは微《み》塵《じん》も変わらない。

逆に俺ときたら口にも力が入らず上手く呂律《ろれつ》が回らない。

頭はしっかりと働いているのだが、どうにも上手く喋れない。

これが酔うという事なのだろうか。

大人ってすごい、俺はその時素直にそう思った。

「おやおや……フィガロ様もだいぶ酔いが回っているようで、お引き留めしてしまい申し訳ございません。きちんと屋敷まで送らせていただきます」

「しゅいましぇん……ちからがひゃいらんくて……むぅ……」

「しばらくお待ちくださいね。今準備させますゆえ」

この伯爵家にはクロムと妻と息子、その他に執事とかメイド数人が住み込みで働いているという。クロムには冒険者時代、恋仲になった女性がいたが、その女性は冒険者を続けたい、と言って彼の元を去ったらしい。

今の奥さんはクロムが当主になってからお見合いで結婚した人なのだとか。

奥さんは気だてが良く、頭も回る方で、今は伯爵領にて財務を担当しているらしい。

「お待たせいたしました、馬車の用意が出来ました。どうぞこちらへ」

「ふへあ」

扉にはメイドが控えており、俺を馬車へ連れてってくれるのだろう。

「ではまた後日ご連絡させていただきますね！　本日はとても良い席でありました。フィガロ様がよろしければまたワインを語り合いましょうぞ」

「ひゃい……しょれであわちゃしはこれれ……」

メイドに支えてもらいながらふにゃふにゃとした口調でお礼を述べ、引き摺られるように屋敷を後にする。

屋敷の扉が閉まる際に見えたクロムの顔は、朗らかに微笑んでおり、今回の会食は良いものであったと俺は思った。

まぁトラブルはあったものの、俺としても実に身になる歓談だった。

「ほらほら、フィガロ様。しっかりしてください。もう……ジャイアントクインビーの巣を一瞬で片付けたとは思えないあどけなさですわね……」

「ふあー」

もうダメだ。

口もそうだが、体の至る所が俺の言う事を聞いてくれない。

メイドが何かを言っているが、頭の中までだんだんとホワホワしてきて夢見心地のようだ。

「はい……！　これで大丈夫。ではよろしくお願いします」

気付けば俺は馬車の座席に横倒しになっており、メイドが御者と話す声がうっすらと聞こえてくる。

ガラガラという車輪の音と馬車の揺れが妙に心地よく感じる。

「うう……」

「はん、見事に潰れてやがる。これならアレを使わなくてもよさそうだが……一応使っとくか」

馬車に揺られてしばらく経った頃、御者が何かを喋ったので頑張って上体を起こす。

そこで俺は違和感に気付いた。

伯爵家から俺の家までは馬車を使えば十分ほどで着く。

それなのに馬車はまだ走っている。

いくらふわふわしていると言ってもそれくらいは分かる。

「はにょお……みひ、まちぎゃええまひぇんかあ」

「チッ、気付きやがった。勘のいいガキだ」

「ふぁー……」

ゴトン、と御者席から俺のいる座席に何か固い物が投げ込まれた。

それが何かを判別しようと体をずらして音の方向を探る。

そうこうしているうちに、プシューという何かが吐き出される音が馬車の客室内に響く。

何の音だろうか、と考えようとしたのだが、急激に体が重くなり、瞼《まぶた》がどんどん下に降りてくる。

猛烈な眠気と虚脱感が俺の体を蝕《むしば》んでいき、抗《あらが》う事も出来ず、俺の意識は深い闇に呑み込まれていった。

◇　◇　◇

「おい！　いつまで寝てやがんだ！　起きろガキ！」

「うばはっ！　ゲホッゲホッ！」

目が覚めて、気付いた時には俺はなぜか水をぶっかけられていた。

朦朧《もうろう》とする意識と視界の中、目の前の人物の把握に努める。

そいつは薄汚いタンクトップを着て、顔には下卑《げび》た笑いが張り付いている。

こいつ、誰だ？

ここはどこだ？

だんだんと意識も視界も回復してきており、重たい瞼を必死にこじ開けて周囲の状況を確認する。

どうやらここは室内のようだ。

壁も床も石造りになっているが、壁面には所々苔《こけ》が生えており、ヒビが入っている箇所や一部分が崩れて土が剥き出しになっている箇所もある。

松明《たいまつ》が四方にかけられており、炎独特の明かりを放っているが光量は充分とは言えないらしく、室内の所々に暗がりが出来ていた。

「やっと目が覚めたみたいね？」

「……どちら様でしょうか」

俺に水をかけた男とは別に女性の声が聞こえた。

室内の暗がりから数人の男女が出てきてニヤニヤと笑っている。

その数は五人、俺に水をかけた男を入れれば六人ということになる。

「それに答える義理はないね」

「お前を憎んでいるお方がいる、とだけは伝えておこう」

「あらあんた優しいじゃないか」

「何も知らずに痛め付けられるよりはいいだろう？」

俺の質問には答えず、男女はケラケラと笑っている。

状況が読めない。

伯爵家から馬車に乗り、意識が混濁して気付いたらここにいた。

十中八九、拉致《らち》されたと見るのが普通だろう。

まさかクロムの差し金？

そんなはずはない。もしクロムが主犯なら、あの状況で俺を帰す理由がない。

酒をもっと飲ませたり、食事や飲み物に薬を盛ったりすることだって出来たはずだ。となれば一体誰が？

俺が辺境伯になったという事実は、ランチア中の貴族が知っている。

クロムが俺の居場所を突き止めているのだから、他の貴族もクロムと同じ考えに至っていてもおかしくはない。

つまり俺を監視していた奴がいるということか？

だとしても拉致する理由が分からない……。

ダメだ、考えれば考えるほど分からなくなっていく。

「あんたを攫《さら》えって言ったお方が誰だか知りたいかい？　お嬢ちゃん」

「私は男です」

「……気丈なんだねぇ。普通は『ここはどこだー！』とか騒ぎ出すのに、つまんない奴だよ」

女が俺の髪を鷲掴みにして頭を揺らす。

その顔は嗜虐心《しぎゃくしん》に歪んでおり、とても女性の顔とは思えないほどに醜《みにく》かった。

女の顔をなるべく見ないように他の人物の様子を窺う。

チンピラのような風体の男が二人、俺を掴んでいる男か女か分からないような体つきの女、娼婦のような女が一人、あとの二人は軽装備に身を包んでおり、腰には安物であろうブロードソードが下げられている。

「あんた、さっきから身動き一つしないけど……拘束されてるのに気付いてないのかい？」

娼婦のような女がタバコをふかしながらそう言った。

言われてみれば確かに手首と足首に冷たくて硬い感触がある。

少し動かしてみるとジャラジャラと硬い鎖の音が鳴り、その時初めて両手両足共に手錠のような枷《かせ》が嵌められている事に気付いた。

そしてもう一つ、最悪な事も。

「腕輪やネックレスは……どこですか」

そう。

俺の生命線とも言える文殊が嵌められた装飾品がなくなっている。

これにはかなり焦ったが、かと言ってその焦りをあからさまに表に出せば相手が調子に乗るだろう事は目に見えている。

努めて冷静に、なんでもないように質問する。

「あぁ、あの大層ご立派なアクセサリーならあのお方が持って行ったよ。あんたみたいなガキにはもったいない一品だ、とかなんとか言ってたね」

「……その方はどちらにいらっしゃるのですか」

「ここにいるさ」

俺の質問に答えたのは女ではなく、聞き覚えのある若い声。

その声に察しがついた時、頭の中で何かがプチッと切れる音がした。

「貴様は俺を馬鹿にした。男爵であり伯爵家嫡子であり、次期国王の俺様を馬鹿にした。許されざる暴挙だ」

「貴方という人はどこまで愚かなのですか……」

「黙れ！　貴様のような下民の分際で俺様に意見するなど百年早い！」

「ぐっ！」

右頬に鈍い衝撃が走る。

目の前に立つ男が俺の右頬を殴り付けたらしい。

「なんだその目は！」

「うぐっ」

「許さない！　許さないぞ！」

「ガハッ……」

二度三度と俺の両頬が交互に殴り付けられる。

顔に怒りを表しながら、肩で息を吐く目の前の男の正体はクロムの息子だった。

こいつはもうどうしようもない馬鹿だ。

救いようがないとはこういう人を言うのだろう。

「俺は選ばれた人間なんだ！　貴様のようなガキが話をする事すら出来ない天上の存在なんだぞ！」

口を開く度に殴り付けるのはやめていただきたいものだ。

殴られても全く痛痒《つうよう》は感じないのだが、殴られた衝撃で口の中が切れて血の味が広がる。

「……ペッ」

唾液と血液が混じったものを吐き出し、クロムジュニアを睨み付ける。

クロムジュニアの首と腕には何もついていない。俺の文殊はどこかに置いてあるのだろうか。

「私の装備はどこにやったんですか？　出来れば返していただきたいのですがね」

「返す必要などない。貴様はここで死ぬのだからな！　あの装飾品は結構気に入った。この俺様が使ってやるからありがたく思え」

「それが貴族のやる事ですか」

「何だと？」

「短絡的だと言っているんですよ。愚かにも伯爵家から出た私をそのまま拉致したようですが、私は家の者に伯爵家へ行くと伝えてあります。私が家に帰らなければ、兵を動かすように伝えてあります。兵が伯爵家へ赴くのも時間の問題ですね。そうしたら伯爵家に貴方がいないという事がバレてしまいますね。行方不明になった私とトラブルを起こした貴方が家にいない。関連性が疑われるのは間違いないでしょうね」

俺はクライシスに、兵を動かすようになんて一言も言ってはいない。これはジュニアの反応を窺うためのブラフだ。

まあ動かせる兵と呼べるのは、トロイくらいしかいないのだけれど。

「そんな事はない！　俺は貴族だ！　男爵であり伯爵家嫡子であり」

「次期国王ですか？　もう聞き飽きましたよそのセリフ。他にバリエーションはないのですか？　貴方って本当に脳みそ詰まってるんですか？　赤ん坊の拳くらいしか入っていないのではないですか？　頭を振ったらカラカラと音が鳴りませんか？」

多分こいつは脳みそが腐っているんだろう。

事あるごとに同じことを繰り返し言っている。

貴族だから何をしてもいいと思っているのだろうか。

何のための法だと思っているのか。選民意識があるのだろうが、こんなに極限までぶっ飛んでる奴は初めてだよ。

「ぎぎ……ぎざま……！」

俺の挑発に上手い具合に乗ってくれたようで、ジュニアの顔は歪みに歪んでおり、歯はギリギリと軋《きし》むほど強く噛み合わさっている。

「貴方の目的は何ですか？　貴方を殴り倒したのはクロムさんです。貴方が不快なのは間違いありませんが」

「ふ、ふふ、いいだろう……！　泣いて土下座して謝り倒せば許してやらんでもなかったが……貴様は殺すぞ！　絶対にだ！」

怒りが限界値を振り切ったのか、ジュニアは顔を両手で覆いながらぶつぶつと呟く。

ちょっと言いすぎたかもしれない。

ちらりと男女の集団を見ると手で口を覆って肩を震わせている。どうやらジュニアを馬鹿だと思っているのは俺だけじゃなかったらしい。

しかしこいつらは何者なのだろうか？

ただのチンピラにしてはあまりにもちぐはぐな組み合わせに思える。

ジュニアが首謀者だというのは分かるが、もしかしてハインケルの傘下の組織か？

だとしたら、後でこの馬鹿ジュニアの背後関係やら何やら、色々と話を聞く必要がありそうだ。

当のジュニアは、肩を震わせている男女にフラフラと近寄っている。

それに気付いた男女が慌てて真面目な顔に戻った。

その様子を見るに、ジュニアと男女には上下関係がある事が分かる。

軽装備の男からブロードソードを引き抜いたジュニアは再び俺の前に立って口を開いた。

「殺す……タダでは殺さない。まずはその指から切り落としてやろう……」

抜き身のブロードソードが松明の明かりを受けて鈍色に輝く。

俺を睨み付けながら、ゆっくりと俺の周りを回るジュニア。

ジュニアの目は血走っており、完全に怒りで我を忘れていた。

さて、どうしたものか。

このまま黙って指を切り落とされるのは勘弁していただきたい。

どうにか文殊の在りかだけでも教えてもらいたいものだ。

「それは勘弁していただきたいですね。ここで私を殺して、あの装飾品の使い方が分かるんですか？」

「……なんだと？」

俺の恐怖心を底上げしたいのか、ジュニアは一定の歩調で俺の周りを歩いてはブロードソードの刃先をガリガリと地面に擦《こす》り付けていた。

しかし俺の言葉に足取りが止まり、若干の反応を見せた。

「あれは私が頑張って作り上げた魔導具です。使うのか売るのかは存じませんが、どちらにしても使い方が分かればその価値は跳ね上がりますよ？」

「魔導具だと……？　俺様も持っていないというのに貴様のようなガキが持ってていい代物じゃない。この俺が使ってやる……使い方を教えれば命は助けてやろう」

「お言葉ですがあれは手元にないと使い方を教えようにも教えられないのですよ」

「ふん……！　さては貴様、その魔導具の力で脱出を図るつもりだな？　この俺様を出し抜こうとしてもそうはいかんぞ！」

「そういうわけじゃないんですがね……まぁあながち間違いでもありませんが」

そもそも文殊は俺の血を練り込んで錬成しているのだから、他人が使おうとしても無駄なのだが。

「はっはっはっは！　やはりそうか！　貴様のような愚か者の考えなどこの俺様からすれば手に取るように分かってしまう！」

何がツボにハマったのか分からないが、ジュニアが腹を抱えて大笑いしている。

誇るような事は何一つしていない気がするのだが。

「さて、魔導具の使い方など貴様でなくともそれ専門の奴に聞けば済む事だ、俺を騙そうとした罪も含めて殺してやる！」

ひとしきり笑った事で満足したのか、狂気に満ちた表情に顔を歪ませながら、ジュニアはブロードソードを振り上げた。

「貴様はそこで何をしているのだ？」

振り上げられたブロードソードを目の前にして、そろそろ反撃に移ろうかと思っていた矢先の事。

室内の暗闇から聞き慣れない低く濁った声が響いた。

「誰だ!!」

男女の中の一人が声を上げる。

クロムジュニアも例に漏れずそちらを向いた。

今クーガを出してもいいのだが、ここは突然の来訪者に活躍の場を譲るとしよう。

声の主はカツン、カツン、と硬質な物が石床を叩く音と共に闇の中からゆっくりと現れた。

深く被ったフードで表情は分からないが、その人物は闇色のローブに身を包み、黒い手袋を嵌め、手には長い捩じくれたスタッフが収まっている。

そのスタッフの先には闇を凝縮したような拳大の黒い宝玉が嵌め込まれていた。

「誰だ貴様は！　ここは俺様の秘密のアジトだ！　勝手に入っていい道理はない！　名を名乗れ！」

「我の名を尋ねるか……矮小で愚かな人の身がやりそうなことよ」

「貴様！　この俺様に向かって愚かだと‼」

「愚者を愚者と呼んで何がおかしいのか」

「きっさまぁ！　お前ら！　遠慮はいらん！　そんな奴は殺してしまえ！」

激昂したジュニアが声を荒らげて指示を飛ばすが、六人の男女は身動き一つしない。狼狽《うろた》えているのではない。

男女の顔は恐怖に歪み、産まれたての小鹿のように体を小刻みに震わせているのだ。

その身を襲う恐怖に縛られ、蝋で固められたかのように動けないでいるのだろう。

「なぜ動かない！　俺の命令が聞こえないのか！　俺の言う事を聞いていれば取り立ててやると話しただろう！」

なるほど。

こいつらの主従関係はそういう事か。

ただのチンピラ風情なのか裏社会の住人なのかは分からないが、ジュニアに従えば伯爵家やそれなりの地位へ口利きするとでも言っているのだろう。

親の威を借りて何様なのだか。

ジュニアは必死に声を荒らげてはいるが、自分から侵入者を撃退するつもりはないようだ。

部下に厄介事を任せ、自分は後方で高みの見物とはね。

いいご身分だこと。

「クーガ、顔だけ出して様子を見ていろ」

『かしこまりましたマスター』

俺の影、というよりは、床一面に広がった影の一部からひょっこりと顔を出すクーガ。

ぱっと見、床に巨大な獣の生首が置いてある猟奇的な場面だが、そしらぬ顔をして状況の観測に努めた。

侵入者とジュニア達は膠着《こうちゃく》状態に陥っており、松明の燃えるバチバチという音だけが室内を満たしている。

「う、うあぁぁぁぁ！」

ブロードソードを腰に下げた男がそれを抜き放ち、雄叫びを上げた。

自らの戦意を高めるためだろう。

心の底からの叫びで鼓舞した男は体勢を低くして侵入者へ切りかかる。

「愚か」

侵入者が発した言葉はそれだけだった。

地獄の底から聞こえてくるような恐ろしい呟き。

突撃する男の顔は蒼白になっているが、剥き出しにした歯を思い切り食いしばり恐怖に抗っているのが分かる。

「死ねえええぇ！」

男は大上段に掲げたブロードソードを、突撃のスピードに乗せて思い切り振り下ろした。

その結果。


ガキン。


「……は？」

本来であれば、男が振り下ろしたブロードソードは侵入者のローブを肩口から容易く切り裂くはずだった。

しかし無残にも現実は違った。

ブロードソードの軌道は侵入者の肩口をしっかりと捉えていたが、そこまでだった。

剣先は肩口でぴたりと止まっており、相対する男の口は恐怖で震えていた。

「ひ……」

男の今際《いまわ》の言葉はそれだけ。

たった一言発しただけで、頭があえなく弾け飛び、男は力なく地面に倒れ伏した。

首から上を失った体はビクビクと痙攣《けいれん》し、数秒後に動かなくなった。

「あ……いや……いやぁ……」

俺の髪を鷲掴みにした女がへたり込み、頭を爆散させた男を見つめている。

「今、何かしたか？」

侵入者は服についた肉片を軽く叩き落とし、そう呟いた。

手に持っていたスタッフはいつの間にか振り抜かれており、そのスタッフが男の頭を爆散させただろう事は明白。

侵入者の言葉を聞いたジュニアの行動は速かった。

懐から小さな笛を取り出し、躊躇《ためら》うことなくそれを吹いた。

甲高い笛の音が室内に響き渡る。

「多少は腕が立つようだがな、もうすぐ応援がやってくるはずだ！　そうすれば貴様は終わりだ愚か者！」

さっきまでの威勢はどこへやら、腰は引けて、微《かす》かにだが膝も小刻みに震えている。

問題なのがこの周囲にも他の仲間がいるという事だ。

装備を取り上げられてなければ、ウィスパーリングでコブラやドントコイに連絡を取るのだが……。

「応援？　わざわざ我の餌食《えじき》となりに来る、か。それもまた一興……」

「なんだ……なんなんだよ！　お前は一体なんなんだよおおお！」

完全に恐怖に呑まれた男が叫び声を上げた。

その叫びの問いかけに侵入者が反応して男の方を向いた。

侵入者は深く被ったフードを取り払い、声を大にして答えを述べた。

「我が名はリッチ……！　深き闇よりの使者也《なり》！　有象無象《うぞうむぞう》共よ……這《は》い蹲《つくば》り我が名を讃《たた》えよ！」

「リッチ……？　リッチだと⁉　なんでそんな化物がここにいるんだ！　俺は聞いてないぞ！」

リッチモンドと相対した男が声を上ずらせて文句を言う。

他の面子《メンツ》は戦意を完全に喪失しており、逃げようにも腰が抜けて動けないらしい。

「それはそうだろう。我はついさっき来たばかりだからな」

リッチモンドは変化の術を解いており、ローブの下ではアンデッドの素顔が剥き出しになっている。

人を殺す喜びを知ってしまったら、完全にリッチとして覚醒しまう――などど、初めて会った時に語っていたのはどこの誰だったか。

そんなリッチモンドが、なぜここにいるのだろうか。

朝に別れてから、連絡を取っていない。

今まで何をしていたかは全く把握していないが、リッチの姿に戻っているという事は、全力百パーセントの上級アンデッドなわけで。

安物のブロードソードなんぞではかすり傷一つつかないのは仕方のない事だ。

「クーガ、見ておけ。あれが俺達のパーティに新しく入った男だ」

『承知いたしました。しかしマスター、あのリッチはそれなりに強力なアンデッドのはず。人外無敵のアレを従えるとはさすがマスターです』

「ん……従えてるわけじゃないぞ？　仲間だよ、俺が言うのもなんだけど……名前はリッチモンド、悪いリッチじゃないよ」

『左様でございますか』

クーガはそれだけ言うと小さく鼻を鳴らし、リッチモンドへ視線を向けた。

視線の先のリッチモンドはその場から動こうとはせず、スタッフで肩をトントンと叩いている。

「死ねぇ！　化物！」

ゴガッ！　という鈍い音がリッチモンドの背後から鳴った。

リッチモンドの後頭部には、有刺鉄線が巻かれた棍棒がめり込んでいる。

背後からの強襲に気付いていたのかは分からないが、首を軽く下に傾けたまま動こうとしない。

「な……なんで倒れない……！」

リッチモンドに一撃を喰らわせたのは傭兵風の男だ。

傭兵風の男は、自分の渾身《こんしん》の一撃でも倒れない目の前の異形へ向けてポツリと呟いた。

同時にドカドカと、かなりの人数の荒っぽい足音とガヤが聞こえてくる。

「敵襲か！」

「待たせたな！」

「敵はどいつだ！」

「俺の剣の餌食になりたい奴は前に出ろ！」

室内の暗がりはどうやら通路へと繋がっていたらしく、巣穴に水を流し込まれた蟻のようにゾロゾロと人が出てきた。

「これで貴様も終わりだ！　化物のクセに自分をリッチだと言う愚か者め！　リッチというのは俺様のような金持ちの事を言うのだ！」

「えっ」

「えっ」

『えっ』

クロムジュニアの思いがけない一言に、俺とクーガとリッチモンドの声が見事にハモる。

それは俺達だけではないようで、騒がしく参入してきた応援らしき人達も呆気に取られた顔でジュニアを凝視している。

「やれ！　やってしまえ！　そいつを仕留めた者には金貨十枚はくれてやる！　俺こそが本物のリッチだ！」

状況を完全に把握出来ていないジュニアの一言で、全てが静止していたが、応援に来た者達は金貨十枚という言葉にすぐ反応出来たらしい。

呆《ほう》けた表情から一変、ギラついた欲望の眼差しをリッチモンドへと向け、それぞれ手に持っていた武器を構えた。

室内に入ってきた人数は六人ほどだが、聞こえた足音からして外にはまだ何人もいると思われる。

「ふむ……ここでは少し狭かろう。場所を移そうではないか」

そう言ってリッチモンドがスタッフを壁に向けると、スタッフの先に大きな丸い岩石が生成された。

「【ロックキャノン】」

聞こえるか聞こえないかの呟きと共に岩石が打ち出され、派手な音と共に壁を吹き飛ばした。

壁の向こうには漆黒に染まる森が見える。

「こう暗くては戦いづらかろう……【ダイナミックフレアスフィア】」

掲げたままのスタッフの先に炎が集中し打ち出される。

打ち出された炎は外へと走り、中空に留まった。

それだけで漆黒は取り払われ、真昼のように森を照らす。

「第二ラウンド、というやつだ。死にたい奴からかかってくるがいい」

大仰にローブをはためかせ、自らが開けた穴へ悠々と歩くリッチモンド。

彼を知っている俺からすれば、アレら全ては演技なわけで。

だが案外様になっており、強者たる堂々とした風格を漂わせている。

外へと出るリッチモンドの後ろ姿に誰もが釘付けになっていたが、目の前で中級地属性魔法である【ロックキャノン】を放たれた割に、応援に来た者達はやる気満々のようである。

金貨十枚という魅力はとても強いらしい。

応援に来た者達は、最初に室内にいた男女よりも戦闘経験があるらしく、恐怖で震えている者は誰一人いなかった。

中級火属性魔法、【ダイナミックフレアスフィア】により照らし出された屋外には既に新手の応援が回り込んでおり、リングのようにリッチモンドを取り囲んでいる。

その数はざっと五十人ほど、皆が武器や盾を手にしており気合いは充分のようだ。

ここまでの大人数を従えているジュニアの手管は知らないが、どうせ上手い口車にでも乗せられているのだろうな。

「いつでもかかってきていいのだぞ？　そうだな、五、六人まとめてかかってきてもいいぞ。ハンデというやつだ」

「舐めてんじゃねぇ！　この人数に勝てるとでも思ってんのか！」

周囲に展開した中の一人がショートソードを振り回して吠える。

「勝てる、と言ったらどうするのかね？」

「ふざけやがって！　その長く伸びた鼻っ面へし折ってやるぜ！」

ショートソードの男は返答と同時に地を蹴り、リッチモンドへと襲いかかった。

仮初《かりそめ》の太陽のように周囲を照らす【ダイナミックフレアスフィア】。

本来は広範囲に爆発と炎の雨を降らせる攻撃用の魔法なのだが、恐らくはリッチモンドがアレンジを加えて滞空するだけにしているのだろう。

豪熱の明かりに照らされた真夜中のリング。そこに立つリッチモンドへ襲いかかるショートソードの閃刃。

「まず一人」

実につまらなそうに呟いたリッチモンドが、スタッフを持つ手とは逆の手の人差し指を突き出した。

ただそれだけで突撃を敢行した男はどさり、と地に倒れた。

間近でよく見れば分かっただろうが、男の額には直径二センチほどの石棒が突き刺さり、その先端は後頭部まで貫いていた。

この石棒が断末魔の叫びを上げさせることもなく、糸の切れた人形のように男を大地へ転がらせた原因であった。

「やろう！　何しやがった！」

「ぶっ殺してやる！」

突然の出来事に周囲の者達が次々と騒ぎ立て、一斉に武器を構える。

まさか肉薄もせずにあっさり倒されるとは思いもしていなかったのだろう。

皆一様に困惑した表情でリッチモンドを見据えているが、誰一人として襲いかかる気配がない。

リッチモンドはその様子に首を傾げていたが、理由はすぐに分かった。

「冷涼たる水精、慈悲深き氷の鉄槌を彼《か》の者へ与えん、我が紡ぎ、唱えたもうは爆白の氷撃【アイシクルカスケード】！」

後方に待機していた者の一人が詠唱を終え、天に掲げた腕を素早く振り下ろした。

周囲の者達が騒ぎ立てながらも襲いかかってこなかったのは、この魔法が来ると知っていたからだろう。

「ほう、魔法を使える者もいるか」

リッチモンドを中心として、周囲に次々と氷が生成されていく。

氷はつららのような形状を象《かたど》り始め、パキパキという凍りつく音が鳴り続ける。

ショートソードと同程度の長さを形成したつららは螺旋階段のようにリッチモンドを取り囲み、

次々と打ち出されていった。

「土よ大地よ石塊よ、我が魔力を礎とし、幾ばくもなく無言の重圧を彼の者に、礫《つぶて》は石に、石は岩に、頑強たる大地の拳を打ち下ろせ【ロックフォール】！」

滝のように降り注ぐつららの連撃は土を抉り、もうもうと土煙を上げている。

その土煙ごと押し潰すように、空中へ無数の巨石が現れる。

魔法の追い討ちである。

巨石は重力に引かれるよりも速い速度で土煙の中にいるであろうリッチモンドへ落下していく。

巨石が大地に叩き付けられる轟音は空気と大地を揺らし、その威力の恐ろしさを伝える。

「やったか！」

「これを食らって生きている奴なんているもんか！」

「仇は取ったぜジョニー！」

「って事はおい、金貨十枚は魔法使いが総取りってか？」

「へへ、ゴチになりやーす」

「可愛いねーちゃんのいるキャバレーでも行っちまうか？」

舞い上がる土煙でリッチモンドの姿は見えない。

しかし男達は既に勝利を確信しているらしく、好き勝手に喋りだしている。

リッチモンドの死体を確認もせず、和気あいあいと話し込む男達。

だが、そんなお気楽な事態になるのはまだ早い。

「なかなかにやるではないか。中級アンデッド程度であれば今ので消滅していたところだ」

土煙の中から届いた声は男達を硬直させた。

ゆっくりと土煙の方へと視線を向ける男達。その顔は驚愕の色に染まり、目はこぼれ落ちんばかりに開かれていた。

「では次は我の番だな」

途端に突風が巻き起こり、漂っていた土煙が一瞬にして掻き消される。

魔法の連撃を食らったはずのリッチモンドは静かに佇み手でローブについた粉塵を払い落としていた。

砲撃の後のようにズタボロになった地面とは対照的に、佇むリッチモンドはその身に纏うローブすら傷付いた様子は微塵もなかった。

「嘘だろ……」

「は、はは……夢だ……これは夢だ」

直撃すれば細かい肉片になっていてもおかしくない中級魔法の連撃。

人の身であれば二十人は細切れに出来る驚異的な威力をもってしても、リッチモンドにダメージは与えられていない。

その事実は現実味がなく、男達が呆けてしまうのも無理はない。しかし夢ではなく、これが現実。

上級アンデッドであるリッチモンドは、中級以下の全属性魔法と刺突、斬撃を無効化し、打撃に対しても高い耐性を持っている。

生半可な戦闘レベルでは、太刀打ちする事など不可能な上級アンデッドの中でも上位に君臨する圧倒的強者なのだ。

「だからまとめてかかってこいと言ったであろうに。実際お前達のような有象無象が何人かかってこようと痛痒も感じぬがな！」

「やべぇよ、あいつはやべぇ！　逃げるぞ！」

「待てよ！　俺も！」

リッチモンドが一歩踏み出したところで、一部の男達の戦意は挫《くじ》かれたようだ。

数人の男達がリッチモンドに背を向けて走り出す。

「やれやれ、寂しくなるような事を言わないで欲しいものだな……これはお前達への手向けとしよう……【ダークジャッジメント】」

手にしていたスタッフの先端を逃げ出した男達に向け、リッチモンドがつまらなそうに呟く。

それと共に青白い炎を纏った死神のような存在が瞬時に顕現し、走る男達へ向かっていった。

◇　◇　◇

どさりどさりと逃げ出した人間と同じ数だけ地面に倒れる音がした。

それを見ていた男達はもはや逃げる事すら叶わないのだと悟った。

逃げ出した者達の命がどうなったのかなど、男達の横を通り過ぎた死神のような存在を見れば考えずとも分かる。

理解出来る。

理解せざるを得ない。

本能に直接叩き込まれるような強烈な恐怖が、男達の精神を蝕んでいく。

男達にぴったりと寄り添い、怪しく囁《ささや》きかけるのは絶望と恐怖という名の感情。

しかし男達も、ただでは死なぬと心の底から戦意を振り絞り出し、奥歯を噛み締めて武器を構える。

装備はお世辞にも高品質とは言いがたいが、その立ち居振る舞いはまさに戦士のそれである。

皮肉にも、リッチモンドという人外の恐怖と相対した事により、男達の内の何かが一段階上がったのだった。

武器を構える手は微かに震えているが、その目は闘志の炎が灯っている。

リッチモンドは男達が諦めて命を投げ出すものだと思っていた。

「ほう……逃げずに抗うか……気骨のある者もいるのだな」

「うっせぇ！　逃げても殺されんなら、道は一つしかねぇだろ！」

先頭に立った男が呻《うめ》くように吠えた。

逃げ出した者達とは身につけている装備が少々異なっており、それはどこか年季を感じさせる武具だった。

違うのは武具だけではない。その身から溢れる戦意もゴロツキとは違う洗練されたものだ、とリッチモンドは感じ取っていた。

窮鼠《きゅうそ》猫を嚙む、背水の陣、火事場の馬鹿力、などなど言いようは多岐にわたるが、この男達も似たような状況に追い込まれているのだ。

いくら格下だからと言って、舐めてかかるのは悪手だと師匠であるクライシスに散々言われていた。

魔法で一切合切を焦土に変えてもいいのだが、それでは面白くない。

以前戦ったスカルデッドアーミーとは違う、意思疎通の取れる希少な敵だ、少しばかりコミュニケーションを取っても構わないだろう、とリッチモンドは考えた。

そんな考えに至るところが、相手を舐めている事に他ならないとは微塵も思わず口を開いた。

「確かにその通り！　貴様達、他の者とは気迫が違うな。なかなかに腕の立つ戦士団と見るが」

「けっ！　以前はそれなりに名が売れた傭兵団だったが今じゃただの落ち目のゴロツキと変わりゃしねぇよ」

「それは逃げた者達も含まれているのか？」

「あいつらは知らん。俺らは数合わせで雇われたようなもんだ、伯爵の息子とかいう奴に誘われてよ。上手くやれば伯爵家お抱えの専属兵に取り立ててくれるってんでな」

「なるほど。ではお前達はあの少年に何かしようというわけではないのだな？」

「あぁ、むしろあんな子供がいるなんて知りもしない。俺らはただの傭兵扱いだからな」

「ふむ……」

男の話を聞いてリッチモンドは自分の顎を掴み、少しの間考える。

傭兵崩れだと話す男の周りには、立ち居振る舞いが他の者とは違う者達が陣形を取っていた。

その数は三十人ほど。

目の前の男を中心として陣形が組まれているのを見ると、この男がリーダーなのだろう。

男の話が本当だとしてもだ。雇用されているのであれば、理由がどうであろうと共犯者だ。

だが、ただいたずらに命を奪うのでは強盗やゴロツキ達と何ら変わらない。

どうすべきなのか、とリッチモンドは考える。

自分が死んでから二百年、世の情勢は大きく様変わりしていた。

見慣れぬ装置であったり、法律であったり、衣服や生活水準も、リッチモンドにとっては新しすぎた。

生まれ変わって赤ん坊からやり直しているような、不思議な感覚だった。

そして何よりリッチモンドは今、冒険者としての生を歩んでいる。

冒険者として、登録した際に受けた説明が頭の中に過《よ》ぎる。

「一つ聞こう」

「あ？　な、何だよ急に」

リッチモンドがおもむろに口を開いた。

その声色に殺意は感じられず、落ち着いた口調であった。

先ほどまで、腰が抜けそうなほどの殺気を叩き付けられていた男は、豹変《ひょうへん》したリッチモンドの態度に戸惑いを隠せないでいた。

黙っている最中に襲いかかったところで、最初の男と同じ運命を辿ることは分かっていた。

対峙したはいいが、どう抗えばいいのかすら分からなかった男に、男に付き従ってきた部下達にとって、これは幸運とも言える変化だった。

今は落ち着いているが、だからと言って一斉に逃げ出せば先ほどの男達のように聞いた事も見た事もないおぞましい魔法で葬られるに決まっている、と男は考える。

ならば語り合う以外の道は残っていない。

リッチモンドが殺意を引いただけで、男達の命がリッチモンドに握られているという状況は、何一つ変わっていないのだ。

「お前はこの世界が好きか？」

何を聞かれるのか、とえも言えぬ不安と戦っていた男はリッチモンドの意外な質問に戸惑う。

だが黙っていてリッチモンドの機嫌を損ねれば、すぐに殺されるかもしれないと考えた男の返答は早かった。

「あぁ」

なるべく語らず、相手の出方を見ながら話すしか今は対処法が見つからない。

額から垂れた汗が顎に伝い、正眼に構えた剣を握りしめる手の甲に滴り落ちた。

「そうか……我もこの世界が好きだ」

「何だよ突然。お前は俺達を殺すんじゃねぇのかよ」

「あぁ、そう思っていたさ。ついさっきまでな」

戦闘で高まっていたテンションが、凪のように静かに収まっていく。

リッチモンドはアンデッドではあるが、生者への憎しみなどは微塵もなかった。

むしろ脆弱な人の身で一心不乱に生き抜く姿に感銘を受けたほどだ。

生前は自らも人として生きていたが、大部分の記憶は風化してしまっている。

過去に囚われているわけではないが、残っているのは強く思っていたことの記憶のみである。

死んでしまった経緯、願いや憧れ、自責の念、誰かに知ってもらいたいという想い。

そういった記憶以外を持たない彼に希望を与えてくれた少年、名をフィガロと言った。

フィガロと出会った事により、リッチモンドの止まっていた時間が大きく動き出した。

死んでいるのに生きている。

この二律背反な人生を謳歌出来るのも、フィガロの力添えがあってこそだった。

あの少年の力になりたい。

フィガロには恥ずかしくてとても言えないが、冒険者として活動することを決めた理由の根幹はそれだった。

第二の人生を彼と共に生き、彼の行く末を見届けたい。

リッチモンドの想いはただそれだけだった。

魔導の研究も魅力的ではあるが、そんなものは不変の命であるアンデッドからすれば後回しにしてもいい些末《さまつ》な問題だった。

人の身は長くない。

それはフィガロにとっても同じ事だ。

もちろんクライシスのような例外はあるが彼の実力を含めても、クライシスはもはや人間ではない。

だがそのクライシスでさえ、フィガロには一目置いている。

そんなフィガロの行く末を見たいと思うのは自然な流れだろう、とリッチモンドはほくそ笑む。

「あんた、笑ってんのか？」

「あぁ。少し思い出してな、お前を笑ったわけではない。許せ」

「許すとか許さないとか……さっきまで殺意剥き出しだった奴に言われるセリフとは思えねぇな」

「クハハ……確かに解せぬな」

男の言うことはもっともだ。

これはリッチモンドのただの気まぐれにしか過ぎない。

死ぬと分かっていても、抗おう、立ち向かおう、と思ったからこそ、この気まぐれが起きた事を男は知らない。

フィガロの危機を感じ取ったのは偶然なのか必然なのか。

リッチモンドは冒険者として依頼をこなし、帰路についていた。

その時、王宮の裏手の方角から異常な魔素の増大を感じ取ったのだ。

自然に存在する魔素には色がない。

と言うより人間は魔素を色として感じ取る事が出来ない。

魔素色を感じ取れるのは人外の存在、獣やモンスター、魔導を極めたクライシスのような者のみだ。

強力な魔獣やモンスターなどが魔素を振りまくというのは世界の共通認識だが、通常のモンスターや獣であっても微量ながら体表を覆っているものなのだ。

外見が似通ったモンスターなどが相手を識別出来るのも、その体を薄く纏う魔素のおかげであり、固体それぞれに纏う魔素の色は異なっている。

リッチモンドがそれを知覚出来たのは、アンデッドであったからこそと言える。

異常に膨れ上がった魔素はあの少年、フィガロのもの。

なぜそんな事態になっているのかは分からなかったが、彼に何かがあったのだろうと察したリッチモンドは魔素を感じ取った場所へ急行したのだった。

暴風のように撒き散らされたフィガロの魔素は周囲の獣やモンスターを逃亡に追い込み、そこら一帯から生き物の気配を感じることが出来なかったくらいだ。

一帯に生息していた生物達は魔獣が発生したのではないか、とでも思ったのだろう。

有り体に言えば、森が怯えた、とでも言えばいいのだろうか。

フィガロを発見した時、彼は拘束され、何者かに暴行を受けていた。

なぜこうなっているのか、状況を把握するために闇へ潜んでいたのだが……。

「伯爵家の息子に雇われたと言っていたな？　あやつの目的は何だ？」

「さぁな。俺は本当に何も知らねぇんだ。聞きたきゃそいつに聞いてくれ」

フィガロに暴行を加えていた人物が喚き散らしていた言葉を思い出す。

十中八九その人物が伯爵の息子と見て間違いないだろう。

「なぁあんた、アンデッドだろ？　なぜ殺さない」

落ち着いて会話を重ねた事により、男の対応も少しずつ柔らかくなってきている。

陣形を組んでいた他の者は武器を下げ、二人の会話を見守っていた。

「いかにも。だが我は人を憎んではおらぬ。生まれ落ちた経緯が特殊でな。お前達に立ちはだかったのも人助けのためよ」

「それってあの子供の事か？」

「そうだ。しかし彼の事だ、我の助力がなくともこの程度の危機は脱しただろうな」

「珍しいアンデッドなんだなあんた。しかしあの子供、そんな強そうに見えねぇけどなぁ……人は見かけによらずってやつだな」

「彼は……人であって人ではないのだよ。彼にとっては、我も敵ではないだろうて。それと、彼は王室関係者であり、我の仲間だ」

「はぁ!?　まじかよ！」

まだあどけなさの残る顔立ちや、小さな体躯からは想像も出来ないほどの強大な力。

力の扱い方は未熟だが、成長すれば彼に敵などいないだろう、とリッチモンドは男に語る。

語れば語るほど男の顔が青ざめていくのがリッチモンドにとっては面白く、つい続きを話してしまう。

フィガロに初めて出会った時、自分は滅びるのだなと直感した事を思い出し、自嘲気味に笑う。

懐かしいと思うほどの日数は経過していないが、俗世に出た事により止まっていた時間が加速度的に動き出したのだ。

一日一日が飛ぶような速さで過ぎ去っていくのが面白く、塵《ちり》にまみれた屋敷で過ごした二百年間が嘘のように感じる。

「さて、我は少年の元に戻ろう。お前達は好きにするがいい。背後から襲う事もない、誓おう」

「え……いや……あ、ありがとう、ございます」

もはや男の手に武器は握られておらず、それは周囲の者達も同じだった。

握られていた命を突然放り出された事がすぐに理解出来ず、たどたどしい返事になってしまう男。

「あ……あのさ、あんたの名前、聞いてもいいか？　ていうか名前あんのか？」

興味をなくしたように男の横を過ぎ去るリッチモンドに対し、力なく手を伸ばしながら男が言った。

あれほどまでの実力差があるにもかかわらず、蹂躙とも言える力の行使を目の当たりにしたにもかかわらず、リーダーである男はこのアンデッドに惹かれるものを感じていた。

リッチモンドは振り返り、ローブをはためかせて実に大仰に、朗々と男への返答を口にした。

「あるとも。我が名はリッチモンド、家名はもう捨てた」

◇◇◇

カッコつけて室内から出て行ったリッチモンドの背中を目で追いながら考える。

脱出すべきか、リッチモンドに任せるか。

横ではクロムジュニアがわなわなと小刻みに震えているのが分かる。

どうせ、アンデッドが出てきて目の前で人が死んで、ビビってるんだろう。

父親であるクロムに比べてなんと弱々しい事か。

拳闘大会で優勝したと言えど、所詮は学生のお遊びみたいなものだろう。

冒険者として生き抜いたクロムと比べるのもおかしな話ではあるのだが。

『マスター。あのリッチモンドというお方、一度手合わせしてみたいものです』

「へぇ、クーガがそんな事言うなんて珍しいじゃないか」

クーガはあまり自分の主張をしてこない。

ただじっと影に身を潜め、俺の指示があるまではひたすらに耐え忍ぶ。

そんなクーガが手合わせをしたいと言うのなら、叶えてあげるべきだ。

「いいよ。今度な」

壁に開いた穴は俺のちょうど目の前、リッチモンドが計ってやったのか偶然かは分からないが、観戦席としては申し分ない。

「貴様！　誰と話している！」

「え？」

『マスターを貴様呼ばわりするとは！　グルルルル……！』

クロムジュニアが我に返ったようで、やっと俺とクーガの話し声を認識する事が出来たらしい。

クーガは牙を剥き、人を殺しそうなほどの眼力でジュニアを睨《ね》め付ける。

「ひ！　ひぎゃあああああ!!」

最初は俺を見ていたジュニアだったが、横にいるクーガの生首を見た瞬間ジュニアは絶叫してその場にへたり込んでしまった。

俺が言うのもなんだが、クーガは目つきが悪い。

その目が薄明かりを受けて光り、生首状態で牙を剥いてガルガル言っているのだ、知らなければ俺だって怖いよ。

「あ。あぁ……あぁ……！」

腰が抜けてしまったのか、ジュニアは言葉にならない悲鳴を上げながら手を使って逃げようとする。

『貴様！　逃げずに戦え！　腰抜けが！』

「ヒイイあああ……」

それを見たクーガの一喝でジュニアの筋肉は全てを諦めたらしく、体を小さく痙攣させた後白目を剥いて倒れてしまった。

見ればジュニアの股間から液体が流れ出しており、恐怖のあまり失禁してしまったらしい。

「ダッサ」

あれだけ大口を叩いておいてこのザマである。

なんと情けない事だろうか。

最初室内にいた男女は力なく壁際に座り込んでおり、その目にはもはや光はなかった。

仲間を失った事と、リッチモンドの放つ恐怖に心が負けてしまったのだろう。

「やろう！　何しやがった！」

「ぶっ殺してやる！」

外からは物騒な物言いの男達の声が聞こえてきた。

リッチモンドも戦闘を始めたようだ。

見たところ何人かは腕が立ちそうな者もいるが、あのリッチモンドにどこまで食い下がれるのだろうか。

虐殺《ぎゃくさつ》みたいにならないといいけど。

聞きたいこともあるし、やばそうだったら止めるとしよう。

『マスター、このゴミはどうしますか。食ってしまいましょうか』

「やめとけやめとけ、そんな生ゴミ食ったら腹壊すぞ」

『は、承知いたしました』

どうやらジュニアの雇った奴らは金貨に目が眩《くら》んだのか、誰一人として室内に留まっていない。

戦意を喪失した壁際の奴らは放っておいても害はないだろう。

ならばこれ以上ここにいる道理はない。さっさと文殊を返していただくとしよう。

「ふんぬらばっ」

後ろ手に嵌められている鎖を外すべく力を込める。

バキン、という硬質な音が鳴り、両手首を拘束していた太い鎖があっさりと弾け飛んだ。

文殊がなくても、俺には【マナアクセラレーション】という切り札がある。

こんなチャチな鎖では障害にもならない。

解放された腕をぐるぐると回し、足首にかけられた鎖に手を伸ばす。

再び同じ音が鳴り、見事両手両足共に自由になった。

「いてて……固まっちゃってるよ……ったくもう跡になってんじゃんさー最悪だ」

さて、このゴミはどうしようか。

正直に言って俺の堪忍袋は限界を突破している。

このまま殴り付けてもいいのだが、目が覚めてぎゃあぎゃあ騒がれるのも煩《わずら》わしいのでとりあえず拘束させてもらうとするかな。

部屋の中に倒れている人達の衣服を剥ぎ取り、ロープ状にして手足を縛る。

そしてその結び目に手頃な瓦礫《がれき》の石を括《くく》り付ければ完成だ。

腕も足も一緒くたに縛られているのと石の重みが相まって、起きたとしても身動き一つ取れはしないだろう。

「クーガ、俺の装備を探せるか？」

『マスターの匂いがついている物でしたら、たとえ千里先にあろうとも見つけ出してみせましょう！　お任せを！』

「頼む」

『マスターの匂い、マスターの匂い、マスターのマスタあ痛っ』

「前を見ろ前を……」

全身を出したクーガがお犬様よろしく床をフンフンと嗅ぎ回り、右往左往した結果、クーガの頭と石壁がゴッツンコだ。

魔獣も歩けば壁に当たる、ってか。

しかし壁に頭をぶつけただけで痛いとは……魔獣のくせにこれいかに。

だが可愛い。

それだけは事実だ。

ぶつけた箇所を前足でかしかしと撫でるクーガを見つつ、自分の頬が緩みそうなのが分かる。

人相、いや魔獣相？　が悪かろうが何だろうがクーガは可愛いのだ。

つぶらな瞳のクーガを一瞬想像してみたが相当に似合っていなかった。

『こっちです！』

頭の上に何かが光った時のように、ピコン、とクーガは頭を上げた。

そして頭をぶつけた壁とは別の壁に近寄り、おもむろに前足を振り上げ――。

ゴシャア、とまるで砂で作ったお城を壊すかのように他愛もなく石壁を破壊した。

「つよい」

その光景に、俺は一瞬だけ語彙力を失った。

効果音で例えるなら、《ぺしっ》くらいの殴り方である。

リッチモンドを『それなりに強い』と言い切るだけはある。

クーガとリッチモンド、本気で戦ったらどちらが強いのだろうか。

実に気になるところだ。

クーガの肉球がどうなっているのかも実に気になるところだ。柔らかいのか硬いのか。

あの肉球には今度ぜひお相手していただこう。

クーガが開けた穴は大人一人が余裕で通れるほどの大きさだった。

穴をくぐると、そこはすぐに別の部屋に繋がっていた。

部屋の中は松明が焚かれており、充分な光量が確保されていた。しかしこの場所はどこなのだろうか。

見た感じかなりの年数が経っている建築物に思える。

外の風景は一面の森であり、ランチアの街の明かりも見えなかった。

眠らされていた分、どのくらいの時間馬車に揺られていたのかが分からないのが難点だった。

ただクロムジュニアやリッチモンドがいるところを見ると、ランチア国領内である事は間違いなさそうだ。

「ここは……道具置き場か？」

倉庫という割には小さく、個人の部屋という割には大きすぎる部屋の端には一台の簡素な事務机が置かれ、その上には書類が乱雑に散らばっていた。

部屋には木箱や布袋に納まっている物や、バックパックやポーチ、大きめのドラムバックなどが所狭しといくつも積まれていて、足の踏み場は僅《わず》か人一人分といったところだろう。

部屋の隅には馬具やら鎧やら折れた剣やらが、まとまりなく打ち捨てられている。

部屋は湿気のせいでカビ臭いが、埃《ほこり》が積もっている様子はなく、松明が焚かれているので人の出入りは頻繁にあるのだろう。

しかしこの部屋の使用用途が全く分からない。

管理している者はいるのだろうが、荷物の置き方や書類の扱い加減からしてかなり適当に管理されているのだろう事が分かる。

『マスターの匂いはこちらです』

クーガがちょいちょいと前足で棚に置いてあった木箱を指した。

木箱に鍵はついておらず、蓋を開けるとその中には多数の貴金属類が納められており、一番上に俺の文殊装備が一式投げ入れられていた。

「乱暴に扱いやがって……ぶっ殺すぞ」

『マスター、口が悪いです』

「すいません、つい」

『もっと柔らかく、相手を傷付けないように《天界へ召されるか、その矮小な命の灯火を掻き消されるかどちらかお選びください》とかならいいのでしょうが』

「それ言い方変えてるだけだし選択肢どっちも死ぬしかないじゃん」

『冗談です』

「だろうよ」

クーガが冗談を飛ばしてくるとは、何とも珍しい事があるもんだ。

イラついている俺の心情を察して、宥《なだ》めようとしてくれていたのだろうか？　だとしたら出来すぎた魔獣である。

世に出る魔獣達も、クーガを見習えば共存出来るかもしれないのに。恐らくクーガが特殊なだけなのだろうけど。

「ウィスパーリングがない……下の方に行っちゃったかな……っておい、これ、血……だよな」

木箱の中を慎重に漁《あさ》っていると、貴金属類の中に血で汚れたブレスレットが出てきた。

小さめの水晶で作られた数珠《じゅず》仕立てのもの、明らかに女性用だ。

真っ当な装飾品が血で濡れているなどありえない。となればこのブレスレットは盗品であり、持ち主は亡くなっている可能性が高い。

他にも土汚れがついている物や、傷がついて歪んでしまっている物などもぞくぞくと出てきた。

「まさか、ここにある物全部がそうなのか……？」

血まみれのブレスレットを片手に室内をぐるりと見回す。

この部屋が盗品蔵だと考えてみれば、滅裂な在庫にも合点がいく。

よくよく見ればバッグや馬具、鎧や剣にも血がついている。

ずさんな管理だとは思ったが、汚れも落とさず箱に放り込むとは……どういう神経をしているのだろう。

ここは盗賊のアジトなのだろうか？

ではなぜ伯爵の息子であるあいつがここにいて、他の人間に指示を出していたのか。

在庫の数からして、相当な回数の強奪を重ねてきているのは明白だ。

だがこれだけの盗品がここにあるということは、悪事が明るみに出ていない証拠でもある。

あの頭の弱いジュニアに、ここまで大それた事が出来るとは思えない。

「そうだ書類……！」

ふと気になり、乱雑に散らばっている机の上の書類を手に取って目を通す。

筆跡は全てバラバラ、日付も脈絡がない、書いてあるのはよく分からない記号の羅列。

どうやらこの書類は全て暗号化されているらしく、とてもじゃないが理解するのは難しかった。

外では地響きのような音が轟いており、戦闘が激化している事を知らせてくれた。

そんな中で何枚か読み進めていくうちに、暗号の解読表が交じっている事に気付いた。

どうやらこの書類をもらった人間も、全ての暗号を把握していたわけではないらしい。

この解読表を元に書類を読み、管理していたのだろう。

解読表と照らし合わせてみると、案外単純な構成らしくすぐに読めるようになった。

「おい……！」

『どうしましたかマスター、顔色が悪いです。変な物でも食べましたか？』

控えていたクーガが俺の顔を心配そうに覗き込む。

返事はせず、クーガの頭を撫でて問題ない事を伝える。

しかし俺の胸中は穏やかではなかった。

書類を読み進めていくうちに、とんでもない事態が発覚した。

やはりこのアジトは盗賊の盗品蔵だったようだ。

しかし……ただの盗賊ではない事も次第に分かってきた。

書類に記載されていたのは、盗品をどう捌くか、などの流通経路と連絡先。

どこそこの街道で冒険者を襲った、商人を襲った、など経過報告。

そして最も軽視出来ない物、ランチア市街のどこそこでどんな人間を襲ったのか、どこの貴族が協力関係にあるのか、などが記載された書類が出てきた。

これには『重要』と判が押されていて、他の書類に比べて上質な紙が使用されていた。

肝心の中身だが、祝勝パーティの前日にトワイライトで話していた神隠し、通り魔事件と似通った内容が記載されていた。

神隠しや通り魔事件は祝勝パーティ以降、被害がパタリとやんでいる。

恐らくはレマットと手を組んで、色々と画策していたクリムゾン公爵がデビルジェネラルに殺害された事で、指揮系統の機能が停止したのだろうと思っていたが……。

「まさかこんな所で事件に近付くとはね」

これは公にしてはならない案件だろう。

考えなしに兵へ報告すれば、この書類を元に大規模な貴族の摘発が入る。となれば国が揺れるのは間違いない。

書類に記載されている貴族達はなかなかの数だ、公爵という貴族の中でもトップに君臨する当主が黒幕だった事もあり、有無を言わさず従わされた貴族もいるだろう。

到底許される行為ではないが、俺個人の見解で動くには事態が大きすぎる。

当然これに関わっているクロムジュニアは捕縛されるのは間違いない。

そして別の書類には、盗品を捌いた利益による軍備の強化や、領主に対して不満を持つ村や集落などの情報。軍備を強化した後には、その村へ物資を流し、武装蜂起《ほうき》させる旨などが端的に書いてあった。

どうやらクリムゾン公爵と王弟レマットの企《たくら》みは、かなり根深いものであると考えなければならない。

首謀者が既に故人のため、実際に事件が勃発する事はないとは思うが……。

「ダメだ。本当に俺の範疇《はんちゅう》を超えてる」

ここで考えていても埒が明かないので、この書類は俺が持っていようと思う。

全部持ち出したいところではあるが、いかんせん量が多すぎて持ち切れない。

空いている木箱などがあれば、入るだけ詰め込んで持ち帰れるのだけれども。

暗号解読表はもちろんのこと、その他重要そうな書類を選別し放り投げてあった空封筒に入れた。

これは次にドライゼン王と会う時にでも渡した方がいいだろう。それともハインケルに連絡を取って、書類に記載されている事柄の裏取りなどをした方がいいのだろうか？

「とりあえずここを出よう。リッチモンドがやりすぎて皆殺しにしてしまうかもしれないしな」

『かしこまりました』

文殊が入っていた木箱をもう一度漁り、ウィスパーリングを探し当てた後に部屋を出る。

出ると言ってもクーガが開けた穴へ戻るだけなのだが。

拘束されていた部屋に戻ると、クロムジュニアは未だ意識を戻さず床に転がっている。

外を見れば戦闘は膠着しており、数十人の男達がリッチモンドを取り囲んでいる。

先頭に立つリーダーと思わしき人物とリッチモンドが何やら話をしているようだ。

剣は収められていないので、戦闘はまだ続いていると見て間違いなさそうだ。

リッチモンドが狂気にかられて敵を皆殺しにしていないか心配だったが、どうやら杞憂だったようだ。

「こいつを起こして色々と聞いてみるか……大人しく話してくれればいいんだけどな」

『次にマスターへ無礼な物言いをしたら私がこらしめてやりましょう』

「ま、クーガを見て気絶するくらいの根性なしだ。大丈夫だと思うけどな。懲らしめるのは結構だけどやりすぎ注意な？　腕一本噛みちぎるとかなしだぞ？」

『指は』

「だめだ。危害を与えるような事はダメだ。あと顔はやめとけ、腹を狙え腹を」

『かしこまりました』

「さて、と……【アクアボール】を発動させて……」

仰向けで白目を剥いているクロムジュニアの顔面に、さっきのお返しとばかりに水弾をぶつける。

「ぶはっ！　何者だ！　貴様この俺様を誰だと」

「分かった分かった。そのセリフはもう聞き飽きたから別のにしてくれないか？」

案の定、目を覚ました瞬間から僕偉いですアピールが始まる。

別の、とリクエストしてはみたが、恐らく多分絶対確実に用意していないだろうな。

「なんだと！　そもそも俺様は」

『黙れ小僧！　マスターは貴様に貴様と呼ばれる筋合いはない！』

「きゃあ！」

目を覚ましても周囲を確認せず、すぐ俺に突っかかってきたせいで俺の横に控えていたクーガの姿が目に入らなかったらしい。

クーガがガルガルと歯を剥いて威嚇しているが、効果は抜群だった。

しかし「きゃあ」ってなんだよ女子かよ……。

「自分の立場を少し弁えた方がいいぞ？　拘束されているのに強気に出てどうする？　血気盛んな奴だったら、言い方がムカついたからって殺されてもおかしくないぞ？」

「くっ……！　卑劣な！」

「拉致監禁《かんきん》しておいて、よくそんな事が言えるな……ある意味感心するよ」

ぐるぐる巻きにされ、身動き一つ取れない中、ここまで言い切れるとはいっそ清々しい。

魔獣のクーガですら、口を開けてポカンとしている。

自分の立場が分かったのか、ジュニアは口を真一文字に結び、俺を睨み付けてくる。

「まずは質問に答えてもらう。そうすれば拘束は解くし、やりすぎた点も謝罪しよう」

「ふん！」

一瞬ピキリと来たが我慢だ我慢。

「なぜこんな事をした？　俺を襲ってなんになる？」

「この俺様を侮辱したからだ！　それにお前は見た目だけは良い、奴隷として売り飛ばせば高くつくだろう。お前は俺様の資金となるのだ！」

「それ、真面目に言ってる？」

もうやだこいつ。人身売買にまで手を出しちゃもう終わりだよ。呆れが三周くらいして怒りすら湧いてこない。

「まぁいいや。で、ここはどこだ？　お前の呼んだあいつらは何だ？」

外を見ればリッチモンドがこちらへ歩いてくるのが見えた。リッチモンドの背後には数十人の集団が武器を収めて立ち尽くしている。

どうやら平和的解決が出来たようだ。

喜ばしい事である。

「あいつらは俺様の兵隊さ！　ある人より譲り受けたのだ。そして俺様はあいつらを使役し、強力な権力を手に入れる」

「へぇ、それはすごい、だてに次期国王様じゃない。さすがだな。で、優秀な次期国王様である息子様はここで何をしているんだ？」

「そうだろうそうだろう！　平民風情はそのように俺様へ媚びればいいのだ！」

強気に出て反抗的になるなら、貴族とやらのプライドを刺激してやればどうか？と問い方を変えてみた。

猿もおだてりゃ木に登る、押してダメなら引いてみろ、だ。

あっさりと俺の術中にハマり、怒りを露わにしていた顔が愉悦に満ちたものに変わる。

チョロいぜ。

「ここは俺様の派閥の倉庫だ。資金源となる廃棄された装備品を保管しておくためのな。あぁ念のために言うが、俺様はこんなしみったれた場所には来ないぞ？　今回はたまたまここを選んだだけの話だ！　ここは人目につきにくいし森の中だ、何かをするには都合がいいからな！」

「廃棄って……んなわけないだろ……血まみれなんだぞ？　見てないのか？」

「はぁ？　きっと汚れたから捨てたに決まっているだろうが馬鹿め！」

「あー……そうですか。そうですね、捨てたんですね。ところで派閥と仰いましたが……この書類はご存じですか？　次期国王陛下」

ジュニアの幼稚な考えと自分の発した言葉で、背筋にうすら寒いものが走った。

自分の顔が引きつっているのを感じながら、さっきの部屋で見つけた一枚の書類を取り出す。

封筒に入れた物とは別の事項が記載された書類だ。

「なんだそれは？　そんな薄汚れた紙切れなど知らん！　触りたくもないわ！」

ジュニアは目と目の間にシワが寄るほど顔をしかめる。

嫌悪感が剥き出しだ。これが演技だとしたらなかなかのものだ。

こいつがここには来ないと言っている事とも辻褄が合う。

人身売買に関与しているのは間違いないが、ここで保管されている書類については何も知らない、と見ていいだろうな。

なら誰がこの倉庫と呼ばれる場所を管理しているのだろうか？

分かった事はジュニアの裏に誰かがいるということだけ。

今は亡きクリムゾン公爵なのか、それとも別のパイプ役がいるのか。

「何を遊んでいるんだい？　フィガロ」

「あぁリッチモンドか、終わったのか？」

「ひっ‼　化物！　なぜ貴様がここにいる！　あいつらはどうした！」

声がした方を向けば、アンデッドの姿から人間の姿に戻ったリッチモンドが、壁に開いた穴へ寄りかかっていた。

森の中にはまだ数十人の男達が立っていて、皆呆然としてこちらを見ている。

ジュニアはと言えば顔を恐怖一色に染めており、随分と情けない声を上げている。

「うん、彼らはすごいよ。この僕に怯《ひる》みはしたけど立ち向かってきた、なかなかに気骨のある男達さ。傭兵崩れらしいけどね」

リッチモンドはジュニアを一瞥《いちべつ》すると、話す価値がないと判断したらしく、完全に無視して話を進めていく。

「傭兵か……で、どうするんだ？」

「さぁ？　僕は勝手にしろって言ったけどね。逃げる様子もないみたいだよ」

リッチモンドは壁に寄りかかりながら、横目で男達を見ている。

口調は普段のものへと戻っており、特に負傷した様子もない。

「良かったよ。ぶっちゃけさ、リッチ的に覚醒して皆殺しにしないか心配だったんだ」

「酷いこと言うなぁ。まぁ確かに、僕も最初はそう思ったよ。けれどどうした事か、僕が思い描いていた僕自身にはならなかったのさ。数人やっちゃったけどね。リッチだって、それなりに考えるんだよ？」

「ふうん……死にたい奴からかかってくるがいい、とか、キメ顔していたアンデッドだとは思えないな」

「自分でも驚くほど冷静でね。僕はリッチだけどリッチじゃない、みたいな感じかな」

「よく分からないけど結果オーライって事でいいんだな」

「そうなるね」

「きき、貴様ら！　このお、おおお俺様をこのままにしておいてどうなるか分かっているだろうな‼　ここを出たら貴様らの未来はないぞ！　徹底的に潰してやるからな！」

俺とリッチモンドが視線を合わせて軽く微笑み合っていると、恐怖に声を震わせながらもジュニアが割って入ってきた。

それもかなり頭の悪い発言で。ちょっといい加減にして欲しいぞ。弱い犬ほどよく吠えると言うが……これは吠えすぎじゃなかろうか。

「はぁ……」

思わずため息を吐いてしまった。

もう相手するのも疲れてきた。

情報とかどうでもいいからこいつぶん殴っていいかな？

「【ナイトメアパイロテージ】」

「がっ！」

とか考えていたら先にリッチモンドが手を出していた。

リッチモンドは侮蔑の念が込められた冷ややかな瞳で、床に転がるジュニアを睨み付けている。

手に持っていたスタッフの先端が、いつの間にかジュニアへと向いていた。

「おい何してんだよ！」

「安心してよ、峰打ちだ」

「峰打ちって……使い方違うんだけど殺してないって事か？」

冷ややかな瞳はすぐに元に戻ったが、スタッフの先は未だジュニアに向けられたままだ。

「そういう事さ。この魔法は、本人が最も怖いと思う悪夢を見させ、その中で殺す。本来は拷問《ごうもん》なんかに使われていた魔法だよ。夢の中で死んでは蘇《よみがえ》り、終わる事のない恐怖は精神を蝕んでいく」

「なにそれ怖い」

「それくらいやらないとこのスカポンタンは分かんないと思うよ？　こいつがどんな奴かは知らないけど、フィガロが手を出さないって事はそれなりに立場のある奴なんだろ？」

「まぁ……一応は伯爵の息子だな……こんなんでも」

「こいつが!!　はー……終わってるなぁ伯爵家。悪い貴族の典型例と言ってもいいレベルだよ？」

「そうなんだけどさ、こいつの父君がまた出来すぎた人物でな？　色々と話もしたし、ちょっとした約束もしてるんだ」

「ふむ……そうなると扱いが困るね……事後処理が厄介だ」

「そうなんだよなぁ」

白目を剥き、泡を吹いて痙攣しているジュニアを見下ろしながら、俺とリッチモンドは揃って腕を組み、頭を悩ましていた。

『マスター、彼の者達がこちらへやってきます、排除しますか？』

「よせ。迎合してないとはいえ、リッチモンドが矛先を収めた相手だ。こちらから何かする必要はない」

『かしこまりました』

クーガの声に外を向けば、数十人の男達のリーダーと思しき人物が、ゆっくりと向かってきているところだった。

剣は持っておらず、腰の鞘に収められているのを見ると、敵意はないようだ。目はキリッとしてこちらを向いており、何かの決意を秘めているのが分かる。

「な、なぁリッチモンドさんよ。そいつ……その人を紹介してもらいたいんだが……」

リーダーと思しき男は、俺とリッチモンドから少し距離を空けた場所で立ち止まり、こちらの様子を窺うように話しかけてきた。

声に怯えの色はないので、どうやら恐怖で屈服させた、というようなものじゃないらしい。

平和的解決が出来るとは、俺はやはりリッチモンドを侮っていたのかもしれない。

「ふむ、そうだな。我の仲間、フィガロという」

「そうか。少し話してもいいか……いいですか？」

「何でしょうか？」

男は俺の方を向き、姿勢を正して口調も丁寧なものに変えようとしている。

錆色《さびいろ》の髪を総髪にしており、頬に入った斜めの傷が痛々しい。

目付きは切れ長一重で、黒い瞳の中に光るものを感じた。

「この度は誠に申し訳ございませんでした。我らの知らぬところとはいえ、何の罪もない貴方にこのような仕打ちをしてしまい、謝罪してもしたりません」

「平気ですよこれくらい、どうってことありません。それに悪いのはあなた方ではなく……床に転がってるこのクソッタレですから」

男は腰を折り、深々と礼をして謝罪の言葉を発した。

まさかこの男からそんな言葉が出るとは思ってもいなかったので、少し面食らってしまった。

「俺達は他国から流れてこの国にやってきた元傭兵団だ。数こそこんなに減っちまったが……命を取らないでくれたこと、本当に感謝する」

「いえいえ、それよりもあなた方を雇った人物というのは誰ですか？　こいつじゃないですよね？」

「……それは言えない、というより分からないんだ」

「分からない？」

「あぁ、俺はこの傭兵団の頭、スカーってもんだ。傭兵団の名前はシュトゥルムゲヴェーア傭兵団、ＳｔＧ傭兵団とも呼ばれていた。俺達がこの国に流れ着いたのは、四ヶ月ほど前の話だ。当時はキャラバンの護衛隊なんかを仕事にしていたんだがな。ある日、仮面を被った男が訪ねてきて、護衛を頼みたい、と言われた。期間は約半年。報酬は前金で半分、終了したらもう半分という契約をしてたんだ」

「仮面の男……？」

「あぁ、俺達は仕事を選ぶ余裕なんてなかったし、何よりその契約金というのが破格だった。俺はその場で契約を交わしたんだが……最近になって、その仮面の男とは連絡がつかなくなってな。どうもおかしいと思っていたところで今回の事件が起きた。床に転がっている小僧は初めて見る顔だが……。リッチモンドさんから話を聞いた、貴方は王族の関係者らしいじゃないか？　そんな方が悪事を働くとも思えん、つまりはそこの小僧が、貴方をここに監禁したというように見ているんだが……」

リッチモンドが何を言ったかは分からないが、俺の素性がある程度割れてしまっているらしい。

だがこのスカーという男、なかなかに分析能力に長けているみたいだ。

傭兵団を率いる男なだけはある。恐らくは武力を買われての事なんだろうが。

しかし、仮面の男……どこかで聞いたような気がする。

仮面の男が思い出せないが、ひとまず話を続ける事にする。

「その通りです。どうやら私を奴隷として売り飛ばすつもりだったらしいですよ」

「くそ……どうやら俺達は騙されていたようだな。まさか犯罪の片棒をかつぐなんて……俺としたことが失策だった」

スカーは歯噛みして、近くの壁を殴り付ける。

肩を落とすスカーを後方に控える部下であろう人物達が不安そうに見つめていた。

「まぁまぁ、過ぎた事は仕方がありません。ですが私は特に被害を受けていないので問題ないのですが……スカーさん達は人を襲った事はないのですか？」

「ない。それは断言する。戦場でない限り、俺達の牙は他者を害する事はない。俺達は戦うしか能がない人間、知識も教養もない底辺の人間だが、そこらへんの矜持《きょうじ》は弁えているつもりだ」

「そうですか。ならば私から言う事は何もありませんが……この後はどうするおつもりなのですか？」

「俺達は手を引かせてもらう。今回の一件が初めてではないだろう。色々ときな臭い部分があった依頼主だ。他にも悪どい事をやっているだろうし、俺達はこれ以上関わりたくない。前金も全部置いていく。あとは元通り護衛でもやって日銭を稼ぐさ」

人を襲ったことがないというのが本当なら、盗品に関しても知らないはずだ。

盗賊のような実行部隊が別にいて、スカーの傭兵団は物品移動の際の護衛、と言ったところだろう。

ここで俺はある事を思い付いた。今後の領地の件についてだ。

「であれば……もし良ければ私に雇われてはくれませんか？」

「はぁ⁉　何だって⁉」

「契約期間は三ヶ月単位、基本給金は一人当たり月に金貨四枚はお出ししましょう。有事の際はさらに上乗せいたします。それにまだ形になってはいませんけど、いずれは住居も提供出来るようになるはずです。市街地からは少し遠くなりますけどね」

「一人金貨四枚だと⁉　そりゃあ願ってもない話だが……何をさせる気だ？」

「私の領地を守っていただきたいのです」

「領地……だと？」

スカーの顔色が変わった。

目が一瞬見開かれたが、すぐに元に戻りこちらを伺うような視線を向けてくる。

突然すぎてリッチモンドも「は？」とでも言いたげな表情になっている。

俺の身分は隠すつもりではあるが、実働部隊は必要不可欠だろうし、トロイの構成員達の中でも何人かは領地の警備を務めることに賛同せず抜ける者もいるだろう。

辺境伯として与えられた領地は正直言って広すぎる。ランチア中央市街地の敷地三つ分くらいは入ってしまうレベルなのだから。

何もない山間部や平野もあるとはいえ、手放しにするわけにもいかない。

領地内で何かあった場合は、俺に責任が回ってくるのだ。

クロムの計画を含めても、水田や農地を作るにしても人手はあった方がいい。

道の整備や仮居住地なんかも建設すると言っていたしな。

俺の領地ならば、俺の采配《さいはい》で色々と動いた方がいいだろうし。

なのでスカーには俺の身分を明かし、協力関係になってもらいたいのだ。

傭兵団としての実力がどれくらいなのかは分からないが、スカーから感じる気配からして弱いという事もなさそうだ。

それに彼らは他国から来た、と言っていた。

ならば他国の諸事情もある程度は分かるだろうし、手元に置いておいても損はないと踏んだ。

「この事は他言無用でお願いしますね」

「あ、あぁ……分かった」

俺はすう、と小さく息を吸い、一瞬止めてから次の言葉を発する。

「私の名はフィガロ、フィガロ・シルバームーン。ランチア守護王国現国王、ドライゼン王陛下より辺境伯の爵位を下賜《かし》されている者です。あなた方には私の領地の警備、巡回、測量、土木関係に従事していただきたい」

「なっ！」

スカーの背後に雷鳴が轟いたような気がした。

それくらい分かりやすいリアクションであり、体を大きく仰け反らせ、目と口も限界まで開かれている。

ミスターオーバーリアクションの地位を差し上げたいくらいの反応だった。

「へ、辺境伯……様、だったん、ですか⁉　そんな大物とはつゆ知らず大変なご無礼を……」

スカーは慌てて膝をつき、頭を下げる。

それを見ていた部下達も遠巻きながら跪いていた。

「あぁいいですいいです、そんなかしこまらないでください。取って食うわけじゃないんですから。それで、どうでしょう？　この私に協力してはいただけませんか？」

「えと……ちょっと待っててくれませんか。魅力的な話だが今回の護衛の依頼を受けた時、きちんと相談してくれと言われちまったんで仲間に知らせてきます」

「分かりました。ですが、いちいち往復するのも時間の無駄ですし、皆様をこちらにお呼びください。その方が話が早い」

「わ、分かりました」

スカーはたどたどしい敬語で断りを入れてから、後方で待つ仲間を呼びに向かった。

「――で、何をするつもりなんだい？　冒険者をやるんじゃないのかい？　というか君が辺境伯になっていたなんて知らなかったんだけど？　パーティメンバーなんだから、一言あってもよかったんじゃないかい？」

　リッチモンドがジト目になって俺を見据える。

　疑問符だらけの言葉は実に不満げであり、彼の心情を如実に表している。

「俺も色々と多忙なんだよ。冒険者メインでやりたいけど……そうさせてくれないのが世の中ってやつらしい。この一件が片付いたら依頼もこなすよ、じゃないとお金が……あ、そうだ。例の金庫室の品物なんだけどさ」

「ふうん。ま、いいけどさ。とんでもない物が交じってたんだぜ？」

「……今度から僕にも一言言って欲しい、これでもフィガロの仲間だと自負しているんだからね？」

「はい、すみません」

「それと、金庫室の品物がどうかしたのかい？」

　室内にあった質素な椅子に腰かけたリッチモンドが、不思議そうに言葉を続ける。

　その近くには数人の男女が泡を吹いて失神していた。

　一番最初にこの部屋にいた男女だが、リッチモンドがこの室内に戻ってきた事によって恐怖が限界突破したのだろう。

　ショック死とかしてなければいいのだが……。

　そんな事を考えながら、俺はクロムの屋敷で起きた事を話し始めたのだった。

◇　◇　◇

「なるほどねぇ……話が壮大になってきたじゃないか。辺境伯殿」

「そういう言い方よせって。言わなかったのは悪いと思ってるよ」

椅子に腰かけるリッチモンドと、床に寝そべるクーガに寄りかかって話す俺。

近くには泡を吹いて倒れている男女や、苦悶《くもん》の表情を受かべながら白目を剥いているクロムジュニアの姿もある。

客観的に見たら、俺達の神経を疑われそうな光景だが、腰を落ち着けて話すにはここしかないのだ。仕方ない。

『マスター。この男、私を見て変な顔をしております』

ワインとクロムに関しての話が終わった頃、クーガが不満そうな声を発した。

「ん？　あぁ、どうした？　スカー」

「あ、あ……それ……デカイのは……」

仲間を呼んできたスカーが、俺の背後で寝そべっているクーガを指差しながらアワアワしている。

先ほどまでは、俺の影に潜ませていたのだが……。

「この子は私の従魔です。暴れないので安心してください」

『マスターへ無礼な物言いをしたら、その時点で頭からかぶり付いてやるから、安心して欲しい』

「頭からかぶり付かれるのに、安心も変身もあるかよ……いやあるんですか……」

クーガのフランクな態度に緊張が解けかけたのか、スカーも口調を僅かに崩す。

協力関係になるからにはクーガの存在にも慣れて欲しいので、あえて外に出したのだ。

「人語を解する従魔なんて俺がいた国にもいなかったぞ……どんだけランクの高いモンスターを連れてらっしゃるんですか……末恐ろしいお方だ」

スカーの背後には数十人の男がおり、中には、男に見せかけた女性の姿もあり、少しだけビックリしたのは内緒にしておこう。

そしてその瞬間、クロムジュニアが目を覚ましかけたがリッチモンドのスタッフが光を灯し、再び悪夢の中へと旅立っていったのだった。

「顔は怖いけどいい奴なんですよ？　よろしくお願いしますね」

『いい奴……いい奴……マスターにいい奴って言われた……ふふふ』

クーガが俺の言葉に反応して、尻尾をバタンバタンと盛大に床へ打ち付けているが、特に問題はないので良しとしよう。

「は、はい……おい、お前ら！　この人が新しい俺達のボスだ！　しっかり挨拶しとけ！」

スカーは多少たじろいだが、頭を一度横に振った後、部下達へ喝を入れた。

さすがは傭兵団のリーダーなだけはある。

よろしくお願いします、と三列に並んだ部下達が声を合わせ、綺麗なお辞儀をしてくれた。

礼儀正しいのは好印象の第一歩だからな。

感心感心。

上から目線になるのはあまり好きではないが、地位をいただいてしまった手前、務まりませんは通用しない。

ならば開き直って豪快に堂々としてやろうではないか。

もはや諦めの境地に似た、何かを悟りかけた俺だった。

「それと私の領地を護衛するのはあなた方ＳｔＧ傭兵団だけではありません。私直轄のトロイという部隊もおりますので機会を設けて顔合わせをしたいと思いますのでよろしくお願いしますね」

「分かりました。それで我らはどのように動けばよろしいでしょうか」

「はい。ひとまず今日は解散といたします。後日……そうですね一週間後、二七区画にある赤い屋根の屋敷に来てください。そこが私の家ですので。大所帯で来られても困るのでスカーさんとその他数名の幹部さんだけでお越しください。それまでの行動は制限しませんのでご自由にどうぞ」

「分かりました。それでは我らはこれで失礼したいと思います。また一週間後、色々とお世話になりますがよろしくお願いします」

スカーと部下達は揃って頭を下げ、闇深い森の中へと消えていったのだった。

「ふう。あとは……ここがどこなのかなんだよなぁ」

「え？　気付いていないのかい？」

俺が腕を組んでどうしようかと悩み始めた時、リッチモンドがぽかんとした顔で俺を見た。

薬で眠らされていて、文殊装備が奪われていた事などを伝えると、

「あぁ、だから君の魔素が馬鹿みたいに噴き出したんだね。納得納得。あとここはランチア守護王国の領地内、王宮の裏手の森だよ」

「うっそん」

リッチモンドがクスクスと笑いながら違う壁を魔法で吹き飛ばした。

すると見慣れた中央市街地の明かりが煌々と灯っているのが見えた。

距離的には結構離れてはいるが、リッチモンドの言った通りだった。

という事は……？

「あれ。ここ俺の領地じゃないですか」

「まぁ、そうなるね？」

酒に酔っていたとはいえ、敵の思惑にまんまとハマって拉致された挙句、その場所が自分の領地内でした。

なんてオチなのだろうか。

だがまぁ、ここが俺の管轄する領地内ならばこの建物の所有権は俺が優先的に保持する事になるな。

ここの管理者は恐らく裏社会の人間だろう。

俺に挨拶に来るとは思えないが、注意しなければならない。

「クーガ、周りに殺気を立てている奴はいるか？」

『…………気配を探ってみましたが、それらしい反応はありませんでした』

「そっか、ありがとう」

「どういうつもりだい？」

「ここまでの一連の流れを監視している奴がいるかもしれないと思ってね。杞憂だったみたいだけど」

そう言って俺は、指に嵌めたウィスパーリングを起動した。

◇　◇　◇

『フィガロ様！　お久しぶりです、お元気でしたか？』

「あ、あぁ、元気だ。今大丈夫か？」

『はい、問題ありません』

ウィスパーリングを起動し、連絡相手に選んだのはコブラだった。

シャルルもクライシスも恐らくもう寝ている時間だし、夜中に連絡がつくとしたらコブラかドントコイなのだ。

ただドントコイだと説明に時間がかかりそうなので、察しの良いコブラを選択した、というわけだ。

お久しぶりと言うが、それほど日数は経っていない。

「これから王宮裏手の空に発光体を打ち上げる。その場所へメンバーを連れて急いで来てくれないか？　来れる人数だけでいい。ドントコイとコブラと……あと三人ほど」

『了解いたしました。早急に』

コブラの声が途切れた。

しかしどれだけ急いだとしてもトロイのアジトからは恐らく一時間以上、準備も含めれば二時間はかかるだろう。

「【ダイナミックフレアスフィア】」

リッチモンドが俺の意を汲《く》んで、再度魔法を発動してくれた。

今回はかなり高く打ち上げられている。

あの高さならアジトからでも見えるだろう。

「それで？」

「ありがとうリッチモンド。この建物を少し調べたい」

「オーキードーキー。でもここ、建物というよりは廃棄されたトーチカみたいな物だよ。二階建てでそんなに広くない」

「トーチカか……じゃ、ちょっとグルッと回ってくるよ」

「行ってらっしゃい」

「クーガは闇に紛れて周囲の警戒に当たってくれ」

『は！』

リッチモンドとクーガに言い残し、かつては扉があったであろう枠組みに手をかけ、中へと侵入していった。

「松明は焚かれてるけど……暗いな。【デイライト】」

掌から放たれた光球がふよふよと天井に張り付き、薄暗い室内を真昼のように照らし出した。

所々に同じ魔法を発動させ、建物内の暗闇を全て排除する。

残党が闇に紛れていても迷惑なだけなので、やる時は徹底的に、だ。

リッチモンドが言った通り、この建物自体は広くなかった。

拠点として使用している割には、二階部分は瓦礫などが多く散乱しており、簡易的なベッドが数台置かれた部屋が一つあっただけで、重要そうな物は何一つ見つけられなかった。

恐らく一階部分のみを使用していたと思われる。

一階部分には控え室のような部屋や、倉庫として使われている部屋、書類を見つけた部屋などがあったが、やはり重要な物は発見出来なかった。

床下に隠されているかも、と思い所々床を引っぺがしてみたが無駄だった。

ここはさほど重要な場所ではないらしい。

盗品の仮置き場のような場所なのか？

「フィガロ、お仲間だよ」

「もう⁉　早いな」

一階の一番端の部屋を調べていた時、出入口からリッチモンドの声が聞こえた。

どうやらコブラ達が到着したみたいだ。

早いとは思ったが、案外探索に時間がかかってしまったのかもしれない。

急いで元の部屋に戻ると、コブラ、ドントコイと構成員三人が片膝をついて待っていた。

「旦那ァ！　呼んでくれてありがとうございます！」

「遅くなり申し訳ありません、ドントコイ、コブラ以下三名只今ここに」

総勢五名のトロイメンバーが片膝をついたまま会釈をした。

「急に呼んですまない。お前達に頼みたい事がある」

「は、なんなりとご用命を」

「どいつをぶっ飛ばせばいいんですかい？」

コブラとドントコイ、本当に対照的な二人だな。

これが妹と兄なのだから世の中は不思議だ。

「実はな……」

俺は今までの経緯とこの建物の事、爵位と領地、クロムとの計画などを話していった。

トロイの面々は、驚いたり怒ったり哀れんだりと実に忙しく表情を変えながら話を聞いてくれた。

StG傭兵団に関しても、不満そうな雰囲気はなく、俺が決めた事なら、と快く承諾してくれた。

「フィガロ様、それはつまり……我らに足を洗えと、そう仰りたいのですか？」

話を終えた後、コブラが俺の思惑を窺うように聞いてきた。

俺の意図は話していないのに、ここまで見事に思惑を汲んでくれるコブラはすごいと思う。

女性特有の気質なのか、はたまたコブラだからなのか。

正直恩着せがましくないかな？と話すのを躊躇っていただけに、コブラから切り出してくれたのは重畳だった。

見ればコブラを含めトロイの面々は、戸惑いつつもキラキラとした目でこちらを見ている。

「まぁ……その……うん。そういう事だな」

俺は頬を掻きつつ、そっぽを向きながら答えた。

どうにも恥ずかしくて皆を正面から見る事が出来ない。

そんな俺を知ってか知らずか、トロイの面々は驚きの反応を見せた。

「フィガロ様……！」

「めんぼくねぇ……めんぼくねぇ……」

「ありがとうございます！」

「ボスには感謝してもし切れません！」

「ボス……好きだ……」

唐突に、本当に唐突に、トロイの面々は膝をついたまま泣き出してしまったのだ。

ドントコイなんて鼻水と涙で顔面がぐちゃぐちゃになっている。

「なんで泣くんだよ……」

「俺達だって泣きたくて泣いてるわけじゃあないんです！　旦那ァ！　旦那は！　どこまでお人好しなんですか！」

「生きてて良かった……」

「あぁ、俺もそう思う……ついてきて良かった……」

「ボス……好きだ……」

ドントコイが溢れる涙を拭おうともせず、荒々しく吠えた。

すごい気迫なのだが、ずびずびと溢れる鼻水がそれを台無しにしている。せめて鼻水くらいは拭こうか。

他の構成員も隣同士何やら話している。

コブラだけが黙り込み、下を向いて肩を震わせている。

小さい嗚咽が風に乗り俺の耳に届く。

そんなに泣く事ないだろう、と思うのだが、やはり表の世界への想いはあったらしい。

「ほら、分かったから泣きやめ、な？」

「だってぇ……」

だってぇ、じゃないよ。

酷い話かもしれないが、筋骨隆々のドントコイがそんな言い方をするのは少々気持ちが悪い。

鼻を啜り、目元をガシガシと擦ったドントコイは姿勢を正し、真正面から俺を見つめた。

リッチモンドは目を瞑《つむ》り、静かに俺達のやり取りを聞いている。

「お見苦しいものを見せちまって申し訳ねぇっす。俺達は……これしか生きる道を知らねぇんです。夜の闇に紛れてせこい真似して、妹を売って、それでも生きていたかったんです」

「お兄ちゃん……！　それは違う！　私は売られたなんて思ってない……」

「うるせぇ。お前の言い分は関係ねぇんだ。俺がそう思ってるんだ」

「馬鹿……」

珍しくドントコイとコブラが言い争っている。

それを見るとやはり兄妹なのだなと実感する。

そこからはドントコイとコブラの生い立ちと、【デストロイ】設立までの経緯が語られた。

聞いているだけで胸糞悪くなる話だが、掻い摘まんで話すと——。

ドントコイとコブラは孤児だった。

ドントコイが物心ついた時には、教会に併設された孤児院にいたらしい。

親の手掛かりは二揃いのネックレスだけだった。

そこには同じ境遇の子供達がいて、仲良く暮らしていたそうだ。

捨て子だったり、戦争孤児だったり、事故孤児だったりと、孤児院に来た理由は皆様々だった。

ドントコイは幼い頃から体格が良く、喧嘩《けんか》っ早いのもあり孤児院のガキ大将みたいな立場になった。

養子となり孤児院を出て行く子供達も多かったが、残る子供もまた多かった。

孤児院も裕福なわけではなく、毎日質素な食事を取り、神に祈りを捧げる日々。

ドントコイは神が嫌いだった。

それは三歳下のコブラも同じだった。

いくら祈っても食事が良くなるわけじゃない。

いくら祈っても実の親が戻ってくるわけじゃない。

いくら祈っても良い暮らしになるわけじゃない。

神父は良い人で、引き取り手のつかない子供達に読み書きを教えてくれた。

だがある日、孤児院の院長だった神父が急逝《きゅうせい》し、継承者のいなかった教会は閉鎖され、孤児院は別の人物に引き継がれたのだ。

そこからが問題だった。

新しい孤児院の院長は最悪で、孤児達への体罰は日常茶飯時《にちじょうさはんじ》、気に食わない事があれば食事を抜かれたり、寒空の下に放り出されたりした。

しかしながら里親の斡旋などは行っていたようで、ちらほらと孤児院を去っていく子供達も少なからずいた。

だがそれに関しては不自然な点も多く、親元が決まったから、と昨日までいた子供が翌日忽然と姿を消すことが頻発した。

当時ドントコイは十五歳、孤児院での最年長だった。

ドントコイは下の子供達を男女関係なく励まし続けた。

去って行った子達のようにいつかきっと里親が見つかる、それまでの我慢だ、と。

しかし事件は起きた。

ドントコイには初恋の相手がいた。共に下の子の世話をしていた一歳下の少女だった。

ある日、その少女が孤児院の院長の手にかかり、陵辱されようとしているところを目撃してしまった。

少女は顔が膨れ上がるぐらいに殴られ、抵抗する素振りもなかったという。

激情に駆られたドントコイはその院長に殴りかかった。

湧き上がる怒りと類稀なる腕力に身を任せ、ひたすらに殴り続けた結果、院長は死んだ。

動かなくなった院長を尻目に、少女を助けようとしたのだが、院長に殴られすぎたのだろう。

少女はドントコイの手の中で、お礼を言った後にそのまま息を引き取ったという。

その時ドントコイは神を呪った。

「何が神だ。いくら祈りを捧げても助けてくれないではないか」と。

その日からしばらく、ドントコイの顔に笑顔が浮かぶ事はなかったという。

ドントコイは、残っていた子供達を引き連れ孤児院を出ようと計画、話を聞いた子供達に拒否する者はいなかった。

それだけ新しい院長の対応は劣悪を極めていたのだ。

そして孤児院を出る際、必要な道具を集めるために建物中を探し回っていた時だった。

たまたま見つけた隠し部屋に、親元が決まったと孤児院から去って行ったはずの子供達の亡骸が打ち捨てられていた。

院長による凌辱や暴行は日常的に行われていて、消えた子供達はその犠牲になっていた事がその時判明した。

神への反逆と、院長に弄ばれて死んだ仲間への哀悼、今は亡き神父への別れの意味を込め孤児院と教会に火を放ち、ドントコイはデストロイの前身である【オーファン】を立ち上げた。

ドントコイとコブラ、以下六十五名の子供達が裏社会に足を踏み入れた瞬間だった。

最初に思案したのは住処《すみか》、食事、水、この三つ。

水は街の外に流れる川から調達すればいい。

住処は雨風が凌げるのなら、どこでもよかった。

一番重要で、困難な事が食事だった。

栄養もなさそうな野菜くずが入った味の薄いスープと、何日前の物か分からないカチカチのパン。

孤児院の食事は常にそれだったので、子供達は痩《や》せ細り、栄養失調で倒れる寸前だった。

だが不思議な事に、ドントコイだけは筋骨隆々の体を保持していた。

食事だって皆と一緒に取っていたし、他の子供達となんら変わりのない生活をしていたにもかかわらず、だ。

ドントコイは己の体の強靭さに感謝した。

初恋の子を助ける事は出来なかったが、自分を慕ってついてきてくれた子供達とたった一人の肉親であるコブラを守れると思ったからだ。

だがその想いは心の奥底へと沈めた。

ボスであるなら常に強く、冷静であらねばならない。

自分は優しさなどない人間だ。そういう事は妹のコブラに補ってもらおうと思った。

コブラは幼いなりに頭の回転が速く、気が利く子だった。

自分はいくら憎まれても恐れられてもいい。唯一の仲間達を、家族を守れるならそれでいいと自らの心を封印したのだ。

自分は頭が悪い、それは重々承知していた。

だが力は誰よりも強く、喧嘩も負けたことがなかった。

なら考える事はコブラに任せ、自分は道を切り開く矛になろうと決めたのだ。

オーファン初代頭となったドントコイは、まず食料を調達するべく家畜を襲った。

家畜を殴り殺すには骨が折れた。

二回目はお手製の石斧を使った。

三回、四回と襲う家畜の場所を転々とし、要領を得ていった。

何度目かの時、強靭な筋肉から放たれる斧の斬撃は、一撃で家畜の首を落とせるようになっていた。

家畜の肉のおかげで、痩せ細っていた子供達はみるみる回復し、ドントコイと肩を並べて戦えるようになった。

だが彼らも初めから戦えたわけではなく、巷《ちまた》の不良グループとの喧嘩を繰り返し、ドントコイに指導されながら、少しずつ少しずつ戦い方を学んでいった。

そして数年後、オーファンは街の不良グループのトップへと君臨する事となった。

オーファンは生きるために何でもやった。

何でもやったが、人殺しだけはしなかった。

やがてオーファンの名は広く知られるようになった。

小規模だったが武闘派として知られる大人達の組織にスカウトされたが、その組織のやり方が気に入らず喧嘩になった事があった。

もちろんタダで済むわけがなく、オーファンは半壊。だが相手の組織を潰す事には成功した。

しかしその一件で、潰した組織のさらに上の組織から目をつけられ、オーファンのほとんどが半殺しの目にあったのだ。

償いとしてコブラが人質に取られ、潰した組織の代わりとして働かざるを得なくなった。

この時、ドントコイは二十歳、コブラは十七歳だった。

人質として囚われたコブラは組織の人間に連れていかれ、数ヶ月は戻ってこなかったという。

その間に、組織から卸された仕事をきちんとこなせばコブラを返してもらえる約束になっていた。

期間が過ぎ、コブラを返してもらえたのだが、その頃にはもうオーファンは後戻り出来ない道を進んでいた。

上から卸される仕事は、抗争や略奪など血の匂いが濃いものばかりだった。

血で血を洗うような日々は仲間の三分の一を死に追いやり、ドントコイは選択を誤った事をひどく後悔した。

たとえやり口が気に食わなくとも、大人しく従っていればよかったのかもしれないと悔やんだ。

だが既に、どうしようもないところまで運命の針は進んでしまっていた。

コブラは組織と癒着していた地方貴族に見初められ、半ば強制的に夜を共にさせられた。

その分の報酬はキチンと支払われたし、コブラも納得した上での事だった。

だがドントコイは、コブラがその度に一人で泣いているのを知っていた。

強盗、抗争、麻薬の密売、運び屋、危険な仕事は全て末端組織のオーファンへ回ってきた。

身を削り、大事な仲間を、大切な妹を削りながら、ドントコイは裏社会で生き永らえてきた。

泥を啜り、血にまみれ、憎しみと怒りを腕に乗せ、悲しみと絶望を噛み砕き、様々な負の感情をその身に宿しながらもドントコイは諦めなかった。

きっと、きっと抜け出せる、と。

神が何もしてくれないのなら、悪魔に祈ってでも生きてやる。そして必ず暖かい表の世界にコブラや仲間達を連れていく、と封印した心の内で静かに誓った。

そして同時に、ひたすらに耐え、泣き、慟哭《どうこく》し、それでもついてきてくれる仲間達に謝罪の念を抱いていた。

外面は飢《う》えた野獣のように目を光らせ、仲間達には弱い姿など一切見せなかった。

たとえ仲間が死んでしまったとしても、ドントコイだけは涙を流さなかった。

冷徹にして冷血、秘めた想いは熱血。

部下を部下と思わない態度だったが、仲間達はドントコイを信じていた。

そんな地獄のような生活が続いた数年後のこと。

オーファンをこき使っていた上部組織が、アジダハーカなる新進気鋭の組織に潰された。

ハインケルというたった一人の男に、三百人近くいた構成員が完膚《かんぷ》なきまでに叩き潰され、生存者はゼロ、一方的な虐殺だった、とそれを見ていた仲間の一人が震えながらに語った。

これを好機と見たドントコイはさらに一歩踏み出す事を決意した。

裏の世界から抜け出せないなら、抜け出すまで足掻《あが》いてやると。

力をつけ、自力で抜け出してやると。

何者からも奪われず、奪う方へ回ってやると。

邪魔をする者は徹底的にぶっ壊すと。

これが少数精鋭の武闘派としてその名を響かせるデストロイの始動した瞬間だった。

孤児院を捨て、オーファンが設立されてから十年の月日が経っていた。

◇　◇　◇

「そして旦那にぶっ飛ばされて……殺されてもおかしくない状況なのに、旦那は許してくれました。だから今こうしてここにいるんです。裏の世界で生きる必要はないという言葉のありがたみは旦那には分からねぇでしょう。けど俺達にとっちゃ表の世界は手を伸ばしても届かねぇ、神に祈っても叶えてくれねぇ、憧れて憧れて止まなかった場所なんです……！　それを旦那がくれるって言うんです。泣きたくなくても涙の一つくらい出まさぁ！　もう……旦那には、いくら感謝してもしたりねぇんです……！　本当にありがとうございます……うぐぅう！」

一度は止めた涙が再びドントコイの目から止め処なく溢れている。

話しているうちに感極まってしまったようだ。

そんな凄絶《せいぜつ》な過去を聞けば、誰だって泣いてもしょうがない、泣いてもいいんだよと言ってしまうだろう。

ドントコイとコブラの、オーファンを立ち上げた当初のメンバー達の苦しみや無力感は、俺がどれだけ想像を膨らませてみても、その深みを窺い知る事は出来ない。

涙と鼻水でぐちゃぐちゃの顔をしたドントコイが、少しだけカッコよく、いや、とんでもなくカッコいい男に見えた。

聞けば今連れている三人も孤児院の出身だそうで、長年ドントコイとコブラをサポートしてきた者達らしい。

組織的に言うと序列三位から五位までの者達だそうで、構成員の中には孤児院出身の者がまだ在籍しているらしい。

彼らもドントコイほどではないが、一般人より遥かに強く、多人数戦闘にも長けている頼りになる奴らだという。

「……そっか」

「「「本当にありがとうございます！　ボス！」」」

三人は頭を地面に擦り付けるように這いつくばって、声を揃えて吠えた。

表情は分からないが、きっとドントコイと同じような顔面になっているのだろう。

発足当時は四十人ほどの少人数で構成されていたデストロイも、今では数百人規模の組織に成長している。

いくら実力で勝ったからとはいえ、今の話を聞いてまでトロイのボスを続けたいとは思えない。

「やっぱりトロイのボスはドントコイであるべきだ。だからボスの座は返上するよ。これからトロイは、辺境伯の私設警備隊としてしっかり責務を果たしてくれ」

「んぐ……分かり……ましたっ！　このドントコイ、身命を賭して必ずや！」

「うんうん。期待してるよ。コブラもしっかり兄貴を支えてやってくれよな？」

「はい……はい……もちろん……もちろんです……っ！」

咆哮のような返事をするドントコイとは対照的に、消え入りそうな声で、何度も返事を繰り返すコブラ。

コブラは自分の心情を全く語らなかったが、ドントコイが話した通りなのだろう。

堰《せき》を切ったように泣きじゃくり始めるコブラを見ていると、相当に抱え込んでいたのだなと思う。

大の大人がここまで盛大に泣くというのは見た事がなかった。

感情の激流とでも言えばいいのか。

俺の前に跪く五人の感涙が、俺の体に激しく打ち付けられ、切ない気持ちになってくる。

そして同時に何とかしてあげたい、力になりたい、という想いが心の底からふつふつと湧き、父様が言っていた事をふと思い出す。

《人の上に立つという事の責務は計りしれない。それは人の人生の一端を担う事と同義と思え。共に生きる人々が格下であろうと、決して見下すべきではない。敵対するなら話は別だがな》

「人生の一端を担う、か。本当にその通りですね、父様」

俺とトロイの面々の間にひゅるりと風が通り抜ける。

木々は風に揺らされ、葉の擦れる音が森を満たしていく。

風は優しく頬を撫で、いつか感じた俺を誘うような柔らかな風。

数ヶ月前、家の門をくぐり、涙を流す母様に見送られて家を出た事を思い出す。

魔法が使えないと嘆いていたあの時とは全く異なる現状でも、風は優しく変わらずに吹き流れる。

変わるものもあれば、変わらないものもある。

「俺達は変わらないでいたいな」

目の前で子供のように泣きじゃくる大人達は、俺のように親に捨てられた存在だ。

だが生き抜いてきた境遇は全く違う。

俺は少しでもまともに生きてこれた事に感謝しながら、トロイの面々に自らを重ねていた。

そして願わくばこれ以上、この者達を悲しませないでくれと、信じてもいない神に語りかける。

もし運命のイタズラとやらでこの者達を傷付けるのなら、俺は神だろうと悪魔だろうと容赦なく叩き潰す。

絶対に。

トロイの面々の人生の一端を俺は担う。

一蓮托生というやつだろう。

この先の人生何があるか分かったもんじゃないが、何があったとしても、トロイの面々を導いていけたらいいなと思う。

俺も、彼らも、普通に生きていけますように、と。

「ほらほら！　いつまでも子供の前で泣くもんじゃない！」

すっかり重い空気になってしまったのを切り替えるべく、パンパンと手を叩いて、大きな声で言った。

トロイの面々も気持ちの踏ん切りがついたのか、キリッとした表情でこちらを向いてくれた。

「まずは初仕事を任せる！　ドントコイとコブラのどちらかは一度俺が話した事をアジトに持ち帰り、他の構成員にも伝えてくれ。残った者はこのトーチカを見張っていて欲しい。くれぐれも見つからないように。誰か来たとしても襲いかかっちゃダメだ。泳がせて相手の動向をしっかり見ていてくれ」

「「「「は！」」」」

トロイの面々から威勢のいい返事が返ってくる。

皆やる気になってくれているようで何よりだ。

警備隊の話をして嫌な顔をされたらどうしよう、とか思っていたのは内緒だ。

「僕達はどうするんだい？」

椅子に座り、目を瞑ったまま俺達が話し終わるのを待っていてくれたリッチモンドが立ち上がった。

クーガも戻ってきたようで、闇の中からゆっくりと姿を現した。

「俺達は帰ろう。正直疲れた」

「このゴミはどうする？」

リッチモンドが泡を吹いて転がっているクロムジュニアとその他男女を顎で指し示す。

正直こいつらとはもう関わりたくないのが本音だ。

「そのままほっとく。拘束は解いてやるけど、あとは知らん。また突っかかってくるようならシバキ倒す」

「あっはっは！　いいね、嫌いじゃないよそういうの。じゃ帰ろうか」

「あぁ、そうしよう。じゃあ頼んだぞトロイ！」

もう一度威勢のいい返事が夜の森に響いた。

ドントコイとコブラが他の三人に何か話しているのを横目に、俺達はトーチカを後にした。

◇　◇　◇

『おかえりなさいませご主人様』

「おせぇぞ。今何時だと思ってんだ」

「えっ。す、すみません……えと……夜が明けます、ね……」

家に帰ると無機質な屋敷の声と、怒りを含んだクライシスの声が聞こえた。

クライシスは玄関の前に一人用のソファを出し、そこに座りながら本を読んでいた。

まるで俺の帰りを待っていたかのように。

「どこほっつき歩いてた」

「ちょっと裏山まで……」

「はぁ……ったく。夜中に伯爵家の奴が血相変えてきたよ。馬車が帰ってこない、フィガロは無事かってな」

「あー……それは……そのぅ……」

「まぁいいさ。お前なら何かあっても自分で片付けちまうと思ってたよ。じゃー俺は寝る。老人が夜更かしするもんじゃねーな、ふぁー……ぅ」

パタン、と手に持っていた本を閉じ、ソファをそのままにしてクライシスは階段を上がって行った。

もしかしなくても、クライシスは俺の帰りをずっと待っていてくれたのか。

心配してくれてたのか……。

「あの！　ありがとうございます！　でもソファは片付けてもらえませんか！」

「それはお前にくれてやるよ」

「片付けるの面倒臭いだけじゃないんですか？」

俺は努めて明るく言った。

しょぼくれていても、クライシスが良い顔をしないのを知っていたからだ。

「引越し祝いだ。お前の部屋、家具もベッドもないじゃねーかよ。祝いついでに色々置いといてやったから感謝しろや。んじゃおやすみ」

「ありがとうございます！　それなら遠慮なくいただきますね！」

クライシスの部屋の扉が閉まった音を聞き、俺も自分の寝室へと向かった。

気が抜けた瞬間、思い出したかのように疲労感と睡魔が襲いかかってきた。

一瞬目の前がぐらつき、相当な眠気なのだと自覚した。

ひたすらイチャついている瞼を頑張ってこじ開け、やっとの事で自分の部屋まで辿り着いた。

肉体的な疲労はあまりないが、精神的な疲労は結構なものだったらしい。

ふらつく体を気合いで動かして服を脱ぎ、クライシスが寄贈してくれたであろう家具に驚く気力もなく、部屋の中央に置かれたダブルサイズのベッドに倒れ込んだ。

「あぁー……フカフカだぁ……もう、ダメだぁ……」

柔らかく全身を包むマットレスは、独立式スプリングなのだろうか？

それともウォーターベッドか。

俺の動きに合わせて形状を変えるマットレスを堪能し、これまたフカフカの掛け布団を重い腕でなんとか体にかけた。

そしてそこで俺の意識は途切れ、抗えぬ睡魔により深い眠りの底へ沈んでいったのだった。

◇　◇　◇

「う……」

どれくらい寝ていたのだろうか。

頭がズキズキと痛む。

体中の水分が蒸発してしまったかのような極度の渇きを感じる。

それとは対照的に体中に重りをつけられたかのような体の重さ。胃の中身が逆流してきそうなくらいの酷い吐き気。

「うぶっ……ぎぼじわるい……」

正直毒を盛られたのかと思った。

それぐらい気分が悪い。

俺の体は一体どうしてしまったというのか。

「み……水……あう……魔法がぁ……」

二重三重にもなって襲いかかる吐き気や頭痛、だるさのせいで文殊をつけているにもかかわらず魔法を使うことが出来ない。

これは大ピンチである。

頭痛を堪え重い体を起こしてみたが、ぐわんぐわんと視界が揺れていて立ち上がる事すら出来ない。

「た、たひゅけえ……」

大声を出そうとしても、虫の羽音のような掠れ声しか出てこない。

動こうにも動けない、声も出ない、魔法も使えない。

声が出ない代わりに胃の内容物が出てきそうだ。

あぁ、俺はここで誰にも見つからずに死んでしまうのかもしれない。

そう思えるほどに体調が最悪だった。

思えば短い人生だったな。

ごめんよシャルル、ドライゼン王、トロイのみんな、アルピナ、ハインケル、みんなみんな元気でいてくれよ。

俺の人生、これからだったのになぁ……。

あぁ……お迎えが来たみたいだ……天使が見える……。

「てん……し……」

「だーれが天使かこのウスラトンカチが」

「うぇ……？」

「上でも下でもねーよコンコンチキめ。おらしっかりしろ」

「あ、貴方は……」

聞いたことのあるような声だが、頭がいかれていてどうにもくぐもった声にしか聞こえない。

誰だ……？

俺の事を知っていてここにいる人物……あ。

「くら……す……」

「ったく人の名前もまともに喋れねーとはな……お前、酒飲んだろ」

「あが」

クライシスと思われる人物が俺の顎を掴み、錠剤のような物を口に突っ込んできた。

「うぶううう!!」

臭い！

なんだこれ！

めちゃめちゃ臭い！

吐く吐く吐く！

「出しちゃダメー、吐いちゃダメー、さー飲んでー、お前が飲まなきゃ誰が飲む、はい飲んで飲ーんで飲んで」

口の中いっぱいに広がる悪臭を、体中の神経が全力で拒否しようとしている。

家畜の糞や下水の匂い、腐った卵のような匂いをごちゃ混ぜにして、ハーブをふんだんに塗《まぶ》したようなとんでもない激臭が、口から鼻腔、そして胸の中にと、鉄砲水のように流れ込んでくる。

「俺特製の漢方薬だ。二日酔いに良し、食べすぎに良し、頭痛に膨満感、胸焼け、なんでもござれの万能薬。ま、効果重視にしたら化物みたいな悪臭になっちまったがな！　だっはっは！」

何を朗らかに笑ってんだよ！　こっちは体が全力で拒んでるんだぞ！

「うぐうう！　むぐううう……うう？」

あれ？

なんか体が軽くなったような？

頭痛も嘘のように引いてきたし、眩暈もどんどんなくなってきたぞ？

「むぐうぐぐ。ふぉふがもごが？」

「なんだって？」

「クライシス、二日酔いって？」

「なんだ。もう効いたのか。数十年ぶりに使ったが、効果はお墨付きだな」

「はぁ!?　数十年前の使えるか分からない薬を飲ませたんですか!?　何考えてるんですか！　死んだらどうするんですか！」

「うっせーな、冗談だよ冗談。それはさっき配合してきた出来立てホヤホヤだっつの」

「むう……それならいいんですが……ありがとうございます。おかげで回復いたしました」

「よきにはからえよ？　お前丸二日寝込んでたんだからな？　二日越しの二日酔いとかお前の体どうなってんだよ。ほんとトチ狂ってんな」

「言いすぎじゃないですか⁉　ていうか二日間も寝てたんですか⁉」

「おう。死んでるんじゃないかとたまにビンタして確かめたんだから間違いない」

「何してくれてるんですか……？」

引《ひ》っ叩《ぱた》かれたであろう頬を摩《さす》りつつ、白い目でクライシスを見るが、当の本人はいたって普通の顔をしており、逆に怪訝な顔をされたぐらいだ。

本人に悪気がないのが一番タチが悪いというのに……。

けどさっきのが二日酔いか……あんな最悪な思いをするなんて聞いてないぞ。

酒は飲んでも飲まれるな、というのがこの事なのだろう。

なんとなく察しがついた。

しかし……この二日酔いというのを経験してもなお、大人は酒を飲むのだから分からない。

いつか分かる日が来るのだろうか？

分かりたくないなぁ……。

「なんだその目は……ま、良くなって何よりだ。ちゃんとお友達にもお礼言っておけよ？」

「友達……ですか？」

「おう。昨日の夕方にお前を訪ねてきた奴がいたのさ。スラッとした綺麗なねーちゃんだったな。

ほれ、そこに置いてあるバスケットの中身が手土産だ。うまかったぞ」

「……何で食べるんですかねぇこの人は……！」

クライシスの指の先、ベッド脇に置かれたバスケットの中を見ると、果物が数点と小ぶりな花束が入っていた。

その花束には封筒が括り付けられており、表には『フィガロ様へ』と書いてあった。

封が切られた様子はないので、さすがのクライシスも、手紙には手をつけていないようだった。

「いやぁお前さんもやるようになったじゃねぇか。シャルルちゃんとはまた違うタイプの女の子引っかけよってからにー。モテる男は違うね！」

何を勘違いしているのか、クライシスが口元を押さえて何か言っている。

「違います、そんなんじゃありません！」

「あーいやらしー！　やーらしー！」

自分で自分を抱きしめて、体をクネクネと悶えさせるクライシスのなんと上機嫌なことか。

ちょっと度が過ぎるようにも思えたので、反論しようとした時。

ベッドの傍に氷水の入った桶が置いてあり、その中にタオルが浸されているのを俺は見つけてしまった。

「ひょっとして……ずっと世話してくれていたのですか……？」

「ふん、そんなんじゃないわい。お前に何かあったらシャルルちゃんや美人のねーちゃんが悲しむだろうと思ってだな」

　ギョッとした顔になり、それを隠すように窓を見るクライシス。

　そんな彼を見て、シャルルが森で倒れた時の事を思い出した。

　魔力欠乏症に陥り、意識不明の重体になってしまったシャルルの事を寝ずに夜通し看病していてくれたクライシス。

　普段からファンキーでおちゃらけてはいるのだが、魔法に関する事や命に関わる事、重大な事があると別人のように人が変わる。

　そんなクライシスを俺は尊敬していた。

「ありがとうございます」

「ふん。それより体はどうなんだ？」

「はい。おかげさまで元気になりました！　でもすごいですね、今度そのお薬の調合法を教えてもらえませんか？」

「お？　聞きたいか？　聞きたいのか？　いいぜいいぜぇ、ちなみにさっき作ったやつは簡易版でな？　本当はもうちょっと色々な素材を使ってだな。あぁ、でもそれを使わなくても配合を少し変えるだけで、全く別の効果が期待出来る薬が作れてだなぁ」

「はい」

「胃薬なんかはベーシックだが、旅には欠かせない薬だ。市販の物は高いが、自分で作り方を覚えちまえばどうって事ない」

「はい、そうですよね。お腹痛いのは嫌ですもん」

「特別な材料を使えばだな……なんと、欠損した肉体の復元すら可能にする神秘の秘薬がだなぁ」

満面の笑みを浮かべてあれやこれやと解説を力説するクライシス。

彼は錬成術の話や薬の話、魔法の話になると目を輝かせてご高説を述べてくれる。

普段なら適当なところで区切るのだが、この感じがやけに懐かしくてじっくりと聞いていたくなる。

今度、と言ったのにな、と苦笑しながらも、心の中ではじんわりと温かい感情がコンコンと湧き出てくる。

きっとクライシスの事だから、寝ずに世話してくれていたのだろう。そう思うと楽しそうに語るクライシスを遮ることは出来なかった。

そして先ほどから、クライシスの後ろにある窓の外で、クーガが思い切りこっちを見ているのだが、空気を読んで入ってくるのを控えているようだ。

クーガにも心配をかけてしまったな。

目と手で「待っててくれ」とジェスチャーを送ると、クーガは目を伏せて軽く首を下げた。

ここ数日は色々な事があったし、もう少し休んでいても怒られはしないだろう。

たまにはベッドでゴロゴロするのも悪くない。

外は明るく、太陽も高いようだしご飯までこのままクライシスと話をしていよう。

「クライシス、果物食べますか？」

「ん？　おう！　もらおうか！　さっきは野いちごもらったからそれ以外な！」

「はいはい。分かりましたよ」

俺を看病してくれていた時に座っていたであろう椅子にどっかりと座り込んだクライシスは動く気配がない。

クライシスの代わりにバスケットを手に取り、中から適当な果物を選んで投げ渡す。

「あぁ、そうだ。コブラちゃんからのらぶれたぁ、読んでいいのか？」

「だから違いますってば……手紙は後でも読めますので、今はもう少し薬のお話を聞いていたいと思います」

「そうかぁ……？　ならいいんだがな」

その後、クライシスとの話は夕方近くまで続いた。

近況報告や身辺の事、シャルルや領地、コブラにドントコイ、裏社会の話など、話せば話すほどに話題が出てくる。

それだけ実に多くの事がここ最近で起きたのだと、改めて実感する要因にもなった。

「お前さんがトラブルメーカーなんじゃね？」とクライシスに言われたが、そんな事はない、きっとない。

トラブルなのは俺の体だけで充分です。

驚いたり笑ったり、微妙な顔をしたりとクライシスは俺の話す内容を親のように楽しんで聞いてくれた。

平和な時間はやっぱりいいものだ。

冒険者になりたいのは戦いたいからじゃないからな。

基本的に俺は平和主義者なのだ。

多分。

「だがなぁ。多分、今まで以上に面倒臭い事が待ってると思うが……まぁ頑張れや」

「貴族達ですか？」

「それもそうだが、領地についてや近隣領土とのトラブル、金銭的な面、色々だよ。口では言い表せないほどにな。大人の世界ってのは、お前さんが思っているより何倍も面倒臭くて、汚い世界なんだよ」

「なんとなく、言ってる意味は分かります。ですが困った時はクラシスに泣きつきますのでよろしくお願いしますね」

「他力本願が過ぎるっつーの。ま、やぶさかではないがな」

「そう言ってくれると思いましたよ」

「そろそろ外のワンコロの相手してやれ。さっきから殺気をバシバシ叩き付けてきやがる……嫉妬しすぎだっつの」

「ワンコロ……？　あぁ、クーガのことですか」

「んだ。ヘルハウンドなんつー大した魔獣に変異した割にゃー、小さい肝っ玉だぜ」

『聞こえているぞ老師殿』

そんな話をしていると、窓が自動で開き、クーガの頭が入ってきた。

窓を開けたのは屋敷だろうな。

クーガを兄者と呼んでいたし。

「聞こえるように言ったんだよーだベロベロバー」

『くうう！　なんたる侮辱！　いくら老師殿でも言っていいことと悪いことがあると思うのですが！』

「ワンコロに分別なんてかけませーん」

『おのれぇえ！』

クライシスがクーガをおちょくり、挑発にあっさり乗ってしまったクーガが牙を剥き出しにして吠えた。

クーガの口が大きく開かれ、口腔内に小さな火球が生み出されたのが見えた。

「おいクーガちょっと待て！　家をぶっ壊す気か！」

火球は不規則に回転しながらその大きさを増していき、まさに放たれようとしたその時。

「【ディスタビレーション】」

クライシスが物凄いキメ顔で指を鳴らした。

ただそれだけだ。

一度指が鳴っただけで、クーガが生み出した火球はものの見事に霧散してしまったのだ。

『な、ぁ……無効化……された……？』

驚いたのは俺だけじゃなく、クーガも同じらしい。

口を開けたままたじろいでいる。

「ぶわーか！　そーんな荒削りのブレスでこの俺を焼こうとは片腹痛いわ！　かっかっか！」

『ぐぬ……恐ろしい老骨め……』

「なんとでも言いやがれ。ワンコロにのされるほど落ちぶれちゃいねーっつの」

『私は魔獣だぞ！　老師殿がおかしいのだ！　とっておきのブレスを無効化出来るなぞ聞いていない！』

クーガは余程悔しかったのか、クライシスに牙を剥いてガルガルしている。

魔獣のブレスは家一軒どころか範囲数百メートルを焼き払う、とどこかの本に書いてあった気がしたのだが……。

それを無効化出来るなんて話は聞いたこともない。

ていうかそんなブレスを室内に向けるクーガも悪い子だけど。

やっぱりこの人はだいぶおかしい。

なんだよ【でぃすたびれーしょん】て。

普通出来ないだろ。

魔獣は本来、小さくても十数メートルはある。

クーガは二メートルちょっとの小ささだけど、魔獣には変わりないはずだ。

クライシスみたいな人がそばにいるから、俺の感覚がどんどん麻痺しているんだ。

間違いない。

「そりゃ言ってないもーん」

『あぁ言えばこう言って……くそ……！』

「はいはい、喧嘩はそこまで！　クライシスも子供じゃないんですから、クーガをからかわないでくださいよ……」

「や、ほら、格の違いをな？」

「そういう問題じゃないです」

ジト目でクライシスを見ると、バツが悪そうにそっぽを向いた。

クーガは多少落ち込んではいるものの、尻尾がパタパタしているので大丈夫そうだ。

『マスター、申し訳ございませんでした』

「クーガは偉いな。きちんと謝れるもんな」

でっかい鼻をピスピスと鳴らし、下げた頭を優しく撫でてやる。

するとそれだけでクーガは目を細め、気持ち良さそうにするのだ。実に可愛らしいと思う。

「元気になったみたいだし、俺は部屋に戻って研究の続きをしてくる。じゃあな」

「あっ、はい。分かりました」

「飯は適当に済ませるから俺の分はいらねーぞー」

「はい。頑張ってくださいね」

そう言うとクライシスは頭をポリポリと掻き、大きな欠伸《あくび》をしながら気だるそうに部屋から出て行った。

クライシスが出て行った後、コブラからの手紙を読むべくベッドの上で体勢を整えた。

別にかしこまる必要はないのだけど、異性から手紙をもらうのはこれで二度目だ。まぁ両方ともコブラからだけど。

コブラを異性として見た事もないし、そういう人じゃない。

けど何となく緊張してしまうのだから仕方がない。

封筒はなんの飾り気もなく、シンプルな封筒。

表には『フィガロ様へ』と可愛らしい丸文字で記載されている。

お姉さん感がすごいコブラの見た目にそぐわない文字に、少しだけ頬が綻んだ。

封を開け、中から手紙を引っ張り出すと二枚のパピルス紙が出てきた。

パピルス紙には、封筒に書かれていた丸文字が列をなし色々な情報が記されていた。

「な……嘘だろ……」

一番衝撃的な内容が《伯爵家子息の死亡》である。

俺を拉致し、哀れにもリッチモンドの魔法で悪夢漬けにされたクロムの息子、クロムジュニアが死んだ。

トーチカを見張っていたトロイの構成員からの報告では、あの後複数の人間がトーチカを訪れたらしい。

構成員は俺の命令を忠実に守り、そいつらの動向をじっと見ていてくれたそうだ。

あの惨状《さんじょう》を目の当たりにした奴らは、トーチカに残る者とどこかに向かう二組に別れた。

数時間後に、数台の荷馬車が現れ色々な物を続々と運び出していった。

「あそこは破棄されたと見るべき、だな」

荷物と共に、現場で気を失っていた男女とクロムジュニアが運び出された。

その時は呻き声も聞こえたし、身動《みじろ》ぎをする様子も目撃されている。

ジュニアが死亡したとすれば、運び出された後という事になる。

機密防衛のため？

襲撃された事の責任を取らされた？

何の理由があって殺されたのかは分からない。

だが、そう易々と伯爵の息子を殺すだろうか？

生かしておいた方が色々と便利なはずだ、なのに……なぜ。

「クロムさん、悲しむだろうな……」

あんな馬鹿息子でも、クロムにとってはたった一人の子供であり、伯爵家の大事な跡取りなのだ。

それを失ってしまったクロムの気持ちは想像にかたくない。

「養子とか、取るのかな……あ……雨、か……」

パタパタという軽やかな音に誘われ外を見れば、先ほどまで晴れていた夕空に厚い雲がかかっている。

その厚い雲から大粒の雨が降り注いでおり、屋根を、窓を叩く。

「ていうか俺が訪れた当日に馬車が失踪し、俺が帰りジュニアが死んだ……これって状況的に俺が殺したみたいな雰囲気にならないか……？　疑いをかけられたらどうしよう」

『マスター……』

俺の心情と表情の変化を察したのか、ベッド脇に座っていたクーガが俺の頬に大きな鼻をスリスリと擦り付けてくる。

「ありがとう。でも悲しいのは俺じゃない、クロムさんだ……」

『はい、ですがマスターも……悲しそうな顔をしております』

「ん……馬鹿だし、貴族の風上にも置けない奴だけど……死ぬのは、ちょっとな……」

救いようのない馬鹿だと思っていたが、それとこれとは話が違う。

死んでしまっては意味がない。

もしかしたら彼も時が経つに連れ成長し、世間を学び、挫折や後悔を味わい、変わっていったかもしれないのだ。

クロムの功績を理解し、親子仲良く手を取り合って伯爵領を、ひいてはこのランチアを良い方向に導いていったかもしれない人物だったのだ。

「死ぬのは……ダメだよ……」

確かにムカついたし、ぶん殴ってやりたいとも思った。

だけど……一番つらいのはクロムだろう。

彼が最後に息子とやり取りしたのは俺との会食中だ。

しかも鉄拳制裁だ、いわゆる喧嘩別れみたいなものなのだ。

彼だって息子が死ぬとは思っていなかっただろうし、ジュニアだって殺されるとは思っていなかった。

だがクロムは殴ってしまった。

その事は消えることなく、彼の心に生涯残る楔《くさび》となるだろう。

「なんて言ったら、いいんだろうな……」

『マスター、泣かないでください。マスターが悲しそうな顔をすると、私まで悲しくなってしまいます』

クーガが俺の頬をぺろぺろと優しく舐めてくれた。

泣いてるわけじゃないけど、何だか心が締め付けられるように苦しい。

あの日、父から勘当を言い渡された時のように苦しく、切ない。

人が死ぬ、という事に何の痛痒も感じない人間がいるだろうか。

隣人が、友達が、知り合いが、親友が、恋人が。

関わり合いが深ければ深いほどに《死》というのは重くのしかかり、心に傷を刻み付ける。

たとえ敵対していようと、命は命だ。

大罪人であるレマットやクリムゾン公爵と言えど、肉親がいて、友人がいて、恋人や大切な人がいたかもしれない。

死は平等に訪れて、平等に遺《のこ》された人の心を切り刻む。

「誰が殺したにせよ、クロムさんの心は穏やかじゃないはずだ。次に会う時は言葉を選ばないとだな……」

外の雨は間断なく屋根を叩き、吹き付ける風が外の木を、葉を、窓を揺らす。

それはまるで、この世界が泣いているようにも思えた。

雨はしばらく降り止まなかった。

クロムジュニアの死体は六区画の外れにあるゴミ捨て場に遺棄されていたらしい。

一区画から十区画までは上級貴族の屋敷が連なる場所であり、クロムの屋敷もその中の七区画に位置している。

隣同士の区画のあえて分かりやすい場所に死体を棄てたということは、犯人はジュニアの死を隠す気などさらさらなかったのだろう。

クロムが何者かに狙われているのか、それとも裏社会からの警告なのだろうか。

なんにせよ、しばらくはクロムの周辺を守る必要があると思う。

幸いにも、コブラとドントコイが先手を打って、クロムの屋敷の周囲を巡回警備してくれているらしい。

路地裏などの人気《ひとけ》のない場所にもトロイの構成員を配置し、監視をしている、と手紙には書いてある。

アルピナにも協力を仰ぎたいところだが、それはもう少し事態を把握してからでもいいだろう。

『はい。お茶を淹《い》れたわ。クライシスから借りた茶葉だから飲み慣れてるはずよ』

ベッド脇のナイトテーブルからカチャリという食器が擦れ合う軽やかな音が鳴った。

「あぁ……うん、ありがとう」

今後の動きを考えながら、置かれたティーカップに手を伸ばす。

『いーのよ。でも本当にビックリしたんだからね？』

「うん……ごめんよ……って、え？」

鼻腔に入り込む紅茶の香りと唇に感じる熱量により、思考の海を漂っていた俺の意識が戻される。

この家に女性はいない。というよりいるはずのない声。

ティーカップを片手で持ちつつ、声のした方へ首をゆっくりと回していった。

『やほ！　おはおは！』

「しゃっ！　シャルル⁉　なんでここに⁉　ん……？　いや、それはおかしい……」

俺の視線の先には、薄紅色の髪をした、シャルルそっくりの女性が朗らかに微笑んで立っていた。

顔や髪の色などはシャルルそっくりなのだが、違和感を覚えてしかたない。

やけに胸を張っているなぁ、と一瞬思ったのだが、どうやらそれは思い違いのようだった。

シャルルの胸部は冗談のように膨らんでおり、風船でも入ってるんじゃないかと思わせるほどの大きさだった。

ボンバイエ神がシャルルに降臨したかのような非現実さだ。

「――ってなわけあるかーい！　シャルル！　この前よりその、胸がデカイぞ」

『てへ、バレちゃった？　でもお母様はこれぐらいあるのよね……うーん、どうして私は未だにすっとんとんなのかしら……あるにはあるのよ？　でもお母様には遠く及ばないわ』

「そういう事じゃなくてね？」

俺の目の前で腕を組み、その上に厳《おごそ》かに鎮座したボンバイエ二世を、しげしげと見つめるシャルル。

いくらシキガミだからと言っても、やっていい事とやっちゃいけない事がある。

いたずらに自分の体で遊ぶもんじゃないと思う。

そもそも目の前にいるシャルルがシキガミだとしてもだ。

一国の王女がやる事ではないだろう。

シキガミを経由しているから恥ずかしくない、とかいう理由なのかもしれないし、そういう事に無頓着な子だという線もある。

シャルルの様子を見る限り前者だろうとは思うが。

『フィガロどうして鼻を押さえているの？』

「なんでもないよ？」

『なんでもない？』

「うん、なんでもない」

本当に良くない。

目によろしくない。

心臓によろしくない。

「大人版シャルルは目によろしくないな……一瞬本人かと思って驚いたじゃないか……でもどうしてここに？」

『昨日の朝、リングで連絡しても一向に返事がないから、ちょっとだけ出てみたのよ。そしたらフィガロが起きないってクライシスが言うもんだから心配で心配で……何か作ってあげようと思ったけどこの家何にもないじゃない。よく生活出来るわね？　それとも男の人の暮らしってこんなものなのかしら？』

お互いに質問を重ね合い、状況がよく分かった。

最初シャルルはちゃんとお狐様で出てきたらしい。

で、俺がずっと眠りこけているとクライシスから聞き、一日に数回俺の様子を見に出てきてくれていたようだ。

『食材庫もないし、乾物も保存食もない、飲み物と言えば水だけ。困っちゃったからタウルスに食材とか諸々届けさせたの。数日は何とかなるはずよ』

「えぇ！　悪いよ……でもありがとう……」

ここに越してきてから慌ただしくて、ろくに生活基盤も作れていない。

食事はもっぱら買い食いで済ませていたからそこまで気にしていなかった。

「あぁ……だからクライシスは……」

家には食材どころか調理器具すらない。

食事を作ること自体不可能なのだ。

なのにクライシスは俺の分の食事はいらない、と言っていた。

きっと俺の代わりにタウルスから色々と受け取ってくれたのだろう。

にしてもシャルルが出てきているなら言ってくれればよかったのに……本当に悪戯好きな人だ。

どうせ俺が仰天するのを楽しみにしていたんだろう。

『大変だったみたいじゃない？　お疲れ様です』

「ん……ありがとう……」

俺の頭をシャルルの手が静かに撫でた。

シキガミが変化した存在ゆえに、いつもシャルルから漂う甘い香りを嗅げないのが残念だが撫でられるのは気持ち良い。

家族以外に頭を撫でられるのは初めての体験。それがシャルルともなれば、心臓の鼓動も速まるというものだ。

シャルルは何も言わず、ただ俺の頭を撫でている。

クーガは俺の横に侍りじっとその光景を見続けている。

気付けば外の雨音も止んでおり、虫達の鳴く声が静かに響いていた。

シャルルの厚意を甘んじて受けながら、伯爵家やその後の話を聞かせた。

『そんな事が……』

クロムジュニアとの衝突や拉致された時の話をすると、シャルルは眉をひそませて嫌悪感を剥き出しにした。

そのクロムジュニアが殺されたという事も伝えたのだが、何とも複雑な表情をしていた。

『あの人はかなり難ありだったけど……そう、亡くなられてしまったの……クロムウェルが大変ね……可哀想に』

「やっぱり顔見知り？」

『そりゃね。こう見えても王女ですから。お見合いの時も顔合わせしてるしね。あの人には本当に世話になっているのよ。でもクロムウェルが元冒険者だったなんて初耳、私達の先輩ね』

「そうなるね……あ！」

『ひゃっ！　な、何よ突然大きな声出して！　びっくりするじゃない！』

「ご、ごめん……実はクーガの騎乗具が」

タルタロス武具店に依頼していた、クーガ用の特注品が出来上がっているはずなのだ。

そして日付的に、明日は自由冒険組合の昇級試験の日だ。

今から行ってタルタロス武具店の閉店時間に間に合うだろうか。

特注騎乗具があればクーガを外に出せる。

代金は大事に取ってあるので不足はないはずだ。

『今からどこか行くの？　もうすぐ真夜中よ……？』

「あ……」

シャルルに促され、窓から顔を出して空を見上げる。

空には未だ雨雲が薄くかかっており、月の光も朧《おぼろ》になっているがその姿は確認出来る。

確かにシャルルの言う通り、月は空の頂点に達しようとしているところだった。

これは確実に閉店している時間だろう。

タルタロス武具店には明日行き、その足で自由冒険組合に出向く事にしよう。

『騎乗具って……クーガに？』

「あぁそうか、ほら、離宮で話したろ？　訳あって外には出せないってさ」

『言われてみればそんな話を聞いたような』

「訳っていうのがクーガ専用の騎乗具、馬具のような物がないとダメだって自由冒険組合の支部長に言われちゃってさ」

『オルカの事？　何よあの人そんな事言ったの？』

「不服そうだな……オルカさんとも顔見知りなのかよ」

『だからー……フィガロは私を誰だと思っているの？　この国の重要人物は全て顔見知りよ。オルカだってちょこちょこお父様に会いに来てるわ』

「はい、申し訳ございません」

『よろしい』

手を腰に当て、精いっぱいふんぞり返り鼻息を荒くするシャルル。

「クーガみたいな大きな魔獣を街中で歩かせると、怖がる人もいるだろう。トラブルを防ぐためにも、人が管理出来る存在だと示さなきゃならないらしい」

『あーなるほど。一理あるわね……クーガ、確かに目付きだけで人殺せそうだもんね』

『それは褒めているのか貶《けな》しているのか、どちらだシャルルよ』

『んっふ。内緒ー』

クーガの目付きが悪いのは事実だし、フォロー出来るような事でもないのでその話題には乗らず、クーガとシャルルが戯れているのを眺める。

シャルルは赤ん坊の頭ぐらいはあるクーガの鼻を指でツンツンしたり、クーガの口の皮を伸ばしたりして遊んでおり、クーガはクーガで満更でもなさそうにそれを許している。

その気になれば、シャルルの小さな体なんて一呑みにしてしまいそうな口が、シャルルの手によってビローンと、だらしなく伸ばされている。

「そうだ、昇級試験の時にはシャルルも出てきてもらうから、時間を空けといて欲しい」

『あらそうなの？　分かったわ、確か明日だっけ？　その時になったらまた詳細を教えてね』

「昇級試験の日程も把握済み、ですか王女様」

『そりゃねー？　私も冒険者パーティ、フォックスハウンドの一員ですから！　で、もう一人のお仲間さんはその日に会えるのかしら？』

「うん。そうなるね」

クーガの首にがっぷりと組み付き、存分にモフモフしながらシャルルは誇らしげに言った。

しかしホントに君達は仲が良いな。

俺もたまにはああやってクーガと遊んであげた方がいいのだろうか。

と、目の前の微笑ましい光景を見つつ思った。

昇級試験の話だが、試験は特定の日に全ての冒険者が受ける形じゃない。

冒険者として等級を与えられた日から、一週間に一度を目安に受けられるので、試験日は冒険者によってバラバラだ。

実技には自信があるが、面接が問題だ。

何を聞かれるのか、なんと答えればいいのか、全く情報がないのが悩みどころだ。

『面接ってそんなに難しく考えないでも大丈夫らしいわよ？』

「えっ。あ、あぁ、そうなのか？　一体誰に聞いたんだ？」

シャルルは俺の思考を覗き見る手段でも持っているのだろうか。

ピンポイントな発言すぎて、呆気に取られてしまう。

『誰って……オルカよ』

「支部長直々なの⁉」

『うん。三日前くらいかな？　お父様に会いに王宮まで来ていたのよ。ちょうど良かったからさり気なく聞いてみたわ』

「はは……アクティブだなぁ……」

『そうかしら？　だって気になるじゃない。まぁ私は面接受けないけど……情報を集めておいた方が貴方も助かるかなって思ったの』

「ありがとう。本当に助かるよ。で難しく考えないでいいってどういう事なんだ？」

『そのままの意味よ？　本来なら色々聞くところらしいんだけど、フィガロの功績を鑑《かんが》みてその必要はない、と判断したらしいの。だから面接は建前で、お話をしに行くと考えてくれってオルカが言っていたわ』

「なんだって」

シャルルの言葉を聞いて、今まで考えていた事が全て吹っ飛んだ。

そうとは知らず、シャルルは言葉を続ける。

『フィガロが何を考えていたかは知らないけど、その話を聞いたのはお父様とオルカが話し終わった後のことよ。恐らくだけどオルカはお父様から全てを聞いたと考えていいわ』

「つまり……？」

『フィガロの功績、私との関係、爵位の詳しい話、書面で見た事からその他の細かいところまで、全てよ』

「わーい。俺の情報ダダ漏れー」

『仕方ないわよ。お父様にとって貴方は息子同然の存在なんだから。自慢したくて仕方ないんだと思うわ』

シャルルが呆れたように小さくため息を吐いた。

あの日テラスでドライゼン王と話した内容が頭を過ぎる。

亡くなってしまった息子がいた、と。

だからしきりに「お義父さんと呼んで構わない」と言っていたのか。

「息子同然、か。不思議だな」

実家にいた頃は、父様にとって俺は自慢出来るような息子ではなかっただろう。

それは確実であり、変わることのない過去でもある。

父様は俺を捨てる未来を選び、俺は未来で新たな父を持つ。

因果というのかは分からないが、不思議なものだ。

『結婚するって事は家族になるって事だから……不思議な事でもないと思うわよ？』

「そうだな。嬉しいよ」

微笑みながら平然と言うシャルルの瞳には、慈愛の輝きが煌めいていた。

クロムの言葉を聞く限り、国の重要人物には俺が辺境伯になった事が知られている。

しかし俺としてはあまり大っぴらにしたくないので、ある程度情報の流通を制限して欲しいところだ。

年齢がもう少し上であれば、公然と堂々と名乗れるのだろうがいかんせん俺にはまだそんな自信はないから、おっかなびっくりやっていくしかない。

大っぴらにしたくないとは思う。けど、近いうちに周知される事にはなる。それは分かっている。

謎に包まれた辺境伯っていうのもなかなかミステリアスでカッコいいとは思うけどな。

今後の予定としてどう動くか、などの目星は立てており、少しずつ前に進んで行こうとは思っている。

その過程で少なからず自信もついてくるだろうし。

考えているのは四つ。

一、冒険者として等級を上げ、ヒヒイロカネを目指す。
二、実力を上げ、世界を周り、世間一般を学ぶ。
三、領主としての立ち位置を学ぶ。
四、自分の領地について正確に把握する。

一と二は言わずもがなであり、目下の目標だ。

三と四は一と二に付随して行うような感じで考えている。

領地がどこからどこまでなのかは、ドライゼン王からの説明で理解している。けど自分の領地となる場所に何があるか、などは把握していない。けど、StG傭兵団に測量などの件も話してあるから、近いうちに作業に取りかかって欲しいものだ。

それにトロイやStG傭兵団の拠点もどうにかしないとならない。

トーチカで手に入れたあの文書も、ドライゼン王に提出しなければならないし。

領地のどこかに、トーチカと同じような場所があるかもしれない。

俺の領地内で裏社会の人間に悪事を働かれても困るし、もし何かしらの悪事があるなら一掃するべきだと思う。

考えてみるとやる事が多すぎて目が回りそうだ。

他の貴族やクロムもこんな感じなのだろうか？

そう思うと頭が下がる。

『ふぁ……んん……ちょっと夜更かししすぎちゃった、眠いから私先に寝るわね。また明日、おやすみなさい』

「分かった。遅くまでありがとう。おやすみ」

『ゆっくり休め、シャルルよ』

『おやすみー……』

シャルルは大きな欠伸をすると、目を擦りながら音もなく消えた。

それと同時にシキガミの木像が床に転がる。

木像を拾い上げ、飲み干したティーカップの横に置いた。

不意に口から欠伸がこぼれた。

今まで数日寝ていたというのにこれか、と心の中で苦笑し、部屋の明かりを落として掛け布団の中に潜り込む。

クーガも床で丸くなり、部屋には静けさが満ち満ちた。

外からは虫達の合唱が微かに届き、眠気を加速させてくれる。

明日は朝からタルタロス武具店に行こう。

そう思いながら俺は睡魔と手を取り合い、意識の奥底へと沈んでいったのだった。

◇　◇　◇

翌朝は気持ちよく目が覚めた。窓から差し込む朝日が眩しく、空は雲一つない晴天。

洗濯物が良く乾きそうな天気で、近所のマダム達も心置きなく井戸端会議に花を咲かせられそうだ。

『マスター、おはようございます』

「ふわぁ……おはようクーガ、支度したらすぐ出かけよう。途中で串焼き買って朝食にしような」

『かしこまりました』

ベッドの中で伸びを一つしてから顔をペチペチと叩き、温もりの残る掛け布団から抜け出した。

寝室を出て洗面台へと向かい、ひとしきり終わらせた後ダイニングルームへ顔を出した。

「よう。今日はちゃんと起きたようだな！」

「おはようございますクライシス。今日もお変わりなく」

「ったりめーだ。これでまた老人に戻ったら俺ぁショックで白髪になっちまーわ」

「老人の時は白髪でしたけどね」

「かっかっか！　違いねぇ！」

クライシスはダイニングルームに置かれた布張りのソファに腰かけ、紅茶を片手に寛《くつろ》いでいた。

「私は少し出かけてきます、帰りは遅くならないと思います」

「おいーっす。気をつけろよ」

「はい」

ダイニングルームの扉を閉め、外行きの服に着替えるべく寝室へと戻る。

トワイライトの皆からお裾分けしてもらっているので、洋服だけは困る事がない。

クローゼットを開けてカーキ色のボトムスと黒の肌着、グラデーションのかかった水色のフランネルシャツを取り出して身につけていく。

ランチア守護王国は他国と比べて一年の気温差が小さく、温暖な気候だ。

寒い季節には稀に雪が降るらしいが、俺自身雪という物を見た事がない。

一度は見てみたいものだ。見てみたいと言えば海もそうだ。

見渡す限りの青一色の世界、水平線、静と動が混在する生命の坩堝《るつぼ》、例え方は様々だがそのどれもが魅力的に聞こえる。

「本当、十五年の間ほぼ家の中にいたからなぁ……友達もいなかったし……」

世間一般的にはどうなのだろう？

そんな事を考えながら身支度を済ませ、一週間ほど身につけていなかった双剣エアリアルリッパーを背中に背負う。

クローゼットにしまってあったバッグの中から時刻盤を取り出し、手首に嵌める。

腕輪の文殊と相まってなかなかにいい感じだ。

タルタロス武具店に行く道中に大型の時刻盤があるので、それを参考に時間を合わせるつもりだ。

リッチモンド用の時刻盤もポケットに入れてある。

「よし、行くぞクーガ」

『は！』

クーガを影に入れ、玄関をくぐる。

『行ってらっしゃいませご主人様』

屋敷が発する無機質な声を背中で聞きながら、自動で開いた門を抜けた。

屋敷の塀沿いに歩いていると、以前も見かけた事のあるマダムに遭遇した。

恐らく近所に住む方なのだろう。

「おはようございます、良い朝ですね。私、この屋敷に越してきましたフィガロと申します。今度正式にご挨拶に伺いますね！　それでは！」

「あの……あ、はい。ごきげんよう」

マダムは多少戸惑っていたが、挨拶を返してくれた。

咄嗟の事でもきちんと対応出来る、さすがは上流居住区に住まうマダムと言ったところか。

俺の屋敷がある二十七区画は屋敷が並び、公園などはない、そんな二十七区画を抜け、足早にいつもの串焼き屋さんへ向かい、なけなしのお金で軽い朝食を済ませた。

手持ちはほとんどないが、今日中に冒険者への依頼をこなせば日銭が手に入る。

その日暮らし感が否めないが仕方ない。

「ルシオさん、おはようございます」

「やぁ！　フィガロさん！　お久しぶりです、クーガ君のアレ出来てますよ」

「日を開けてしまい申し訳ありません、きちんとお金は用意してきました。ありがとうございます」

タルタロス武具店に入ると、カウンターで事務作業をしていたルシオへ声をかけた。

すぐに別室へ案内され、クーガを出した。

ルシオには以前、騎乗具を依頼した際にクーガと顔合わせをしている。

何しろ特注品なのでサイズなどを測る必要があった。

その時のルシオの顔は感嘆と羨望とモフモフの色に満ちており、それは今回も変わらずだった。

『久しいなルシオよ』

「クーガ君も元気そうで何よりです。早速つけていきますから動かないでくださいね」

『あぁ、よろしく頼む』

結論から言ってしまうと、用意された鐙や鞍などの騎乗具は素晴らしい出来だった。

細かい装飾はあしらわれていないが、かと言って無骨かと言えば、そんなこともない。

クーガの体格に合わせた騎乗具は通常の馬具よりも二周り以上大きい。

鞍は二人乗りが出来るような変形式のタイプがベースになっており、所々が金属で補強されている。

手綱は口に噛ませるタイプではなく、肩から胸にかけて装着されたブレストプレートのようなものに繋がっている。

意思の疎通が言葉で行えるから、という理由でこのような形態に収まったという。

その他の装飾品は、四本の足首につけられたリングには小さな鳴子《なるこ》のような物が取り付けられ、腰から尻尾の根元、大腿部までを複雑な紋様が刻まれたプレートが覆い、頭部には雷光を彷彿とさせるデザインが彫り込まれた鉢金のようなヘッドギアが装着されている。

装着されたプレート類は、軽量化のために特殊魔力硬化ベークライトが使用されているらしい。

この特殊魔力硬化ベークライト、普段は魔導技巧などの部品に使われる物なのだが軽い、頑強、魔力伝導性が高い、耐熱性に優れる、という性能があり、意外にも銅製や半金属製の鎧よりも高い防御力を備えている。

ここまでくると騎乗具の範疇を超え、鎧のような風体ではあるのだが、これには少し理由があった。

「フィガロさん、例のアレ、しっかりやっておきましたからね。お代は出世払いで構いません」

「ありがとうございます！　無理言ってすいませんでした」

「いえいえ、構いませんよ。普通は出世払いになんぞいたしませんが、貴方は信用におけるお方だ。きっとすぐに払ってくれると私は信じておりますよ」

「買い被りすぎですよ。ですがその信頼、決して裏切らない事をお約束いたします」

クーガは小さいながらも魔獣だ。その強力な実力の底はまだ分かっていない。

けれどそんじょそこらのモンスターなぞ、赤子の手を捻《ひね》るよりも簡単に殲滅《せんめつ》出来る力があるのは間違いない。

それはアンデッドの大群がランチアに攻め込んできた時、上級アンデッドを玩具のように振り回していた事からも窺えることだ。

そしてこれは人間に対しても同じ事が言える。

現にクーガは一度、自由冒険組合にて、遠吠えだけで低等級の冒険者を気絶させてしまった。

オルカから力のコントロールを覚えよう、という話が出た時に思い付いた事があり、それをルシオにお願いしてあったのだ。

ただ通常の装具とは違い、そういった能力を付与するとなると魔導具扱いになってしまうために、それ専門の魔導師の協力が必要になってくる。

おかげでプラスアルファの追加料金が発生してしまったという事だ。

完成した装具のお値段、合計で金貨約十二枚也。

「クーガ君、今の力はどの程度だい？」

『むぅ……素の状態と比べて十分の一と言ったところだな……体が自分のモノではないように感じる』

「うん、効果はしっかり出ているようだね。結構結構」

「すごいです。余程強力な魔法なんでしょうね」

「ふふ、そこは企業秘密というやつですね」

「これは手厳しい」

カラカラと笑うルシオの後ろで、装具をつけたクーガがせわしなく自分の体の匂いを嗅いでいる。目尻が少し垂れ下がり、クーガも不安や戸惑いを感じているのだろうな、と思った。

俺がルシオにしたお願いというのは、クーガの力を強制的に抑える事が出来ないか、というものだった。

元々の能力が高すぎるゆえにコントロールが難しいのなら、その能力自体の力を弱めてしまえばいいのではないか、と俺は考えたのだ。

そうすればコントロールも容易になるだろうし、強すぎる力を暴走させることもない。

本来魔獣は出現すれば討伐される危険物のような存在だ。だとすればその魔獣の力を抑える力が必ず存在するはずであり、ならばそれを装具に付与すればいい。

この考えは我ながら名案だと自負している。

何やら物申したそうな目線をクーガから向けられているが、見ないふり見ないふり。

「あと、オルカ支部長からの要望で胸の所に自由冒険組合ランチア支部の紋章を彫り込んであります。クーガとフィガロさんの身の上を保証する、という意味合いらしいですよ」

「なんと……それはありがたいですね」

「色々と問題もありましたがそれも全て解決済みです。ところで……このクーガ君の装具なんですが……名はどういたしますか？」

「名前……ですか？」

「ええ。馬具のような通常の騎乗具とは違いますからね。私としては新しく作り出したこのクーガ君専用装具に、名入れをしてあげたいのですよ。装備品とはいえ、私が設計した息子のような物ですからね」

「なるほど、そういう事でしたらルシオさんにお願いしたいです」

「私が名付けてよろしいので？」

ルシオは冷静を装ってはいるが、キラキラと輝いている瞳を誤魔化すことは出来ないようだ。

これが生産職のこだわり、というやつなんだろう。

であれば断る理由もないし、呼び名があった方が色々と便利だと思うしね。

「もちろんです」

「では……【魔装具アブソーブ】なんていかがでしょうか」

「アブソーブ……意味をお伺いしても？」

「はい。アブソーブは吸収するという意味を持つ言葉なんです。先ほど企業秘密と茶化しましたが、この魔装具には魔力吸収、行動力低下、筋力低下、など複数の阻害系魔法が呪術として練り込んでありましてね。クーガ君は非常に高いポテンシャルをお持ちだ。それを抑え込むとなると一筋縄ではいきませんからねぇ……大部分の魔力を吸収させねばならない。魔装具に練り込んだ術式はなんと四重式。それをさらに強化させる術式を二重にかけております」

「ええ！　そこまでしていただけたんですか⁉」

「術式の付与は知り合いの魔導師の方にやってもらったので経費は酒瓶一ケースで済みました。知り合いも、まるで魔獣に着せる拘束具みたいだな、と笑っていましたよ」

「う……勘が鋭い……的中だ……」

「何か仰いましたか？」

「い、いえ！　なんでもありません！」

「それでは、この魔装具アブソーブはクーガ君とフィガロさんの物です。メンテナンスや修理などのご用命はタルタロス武具店で承っておりますので」

ルシオはにっこりと柔和な笑みを浮かべ、手を差し伸べてきた。

俺もそれに応え、差し出された手を固く握り締めた。

金貨十二枚は大金だが、提供されたこの魔装具を目の当たりにすれば安いものだと思う。

クーガからすればハンディキャップになる装具だが、無用なトラブルを起こさないようにするにはこれが一番良い。

いざとなったら魔装具を外せばいいだけの話。

十分の一に抑えられた力に慣れさえすれば、クーガも余計な神経を使わずに済むのだ。


『うう……動きづらい……はふん……』

半分不貞腐《ふてくさ》れたクーガが鼻を鳴らし不満を漏らしていたが、聞こえないふりをしておいた。

「あぁ、そうだ！　大事な事を伝え忘れました！」

「大事な事？」

固い握手を交わした次の瞬間、ルシオは慌てて言った。

「はい、魔装具アブソーブですが、先も伝えたように魔力吸収能力があります。それが意外な効果をもたらしたのです」

『これ以上変な効果は御免被りたいのだが』

「こら、そういうこと言っちゃダメだろ」

「はは……まぁクーガ君にとっては拘束具みたいな物ですから仕方ありません。意外な効果というのはですね……周囲の魔法を無効化出来る、というものです」

「何それすごい」

『私に生半可な魔法など効かぬ、と言いたいところだが能力を抑えられている以上そうも言えない。期待して良い性能なのか？』

クーガが興味深そうにこちらへ近付いて鼻を鳴らす。

それを見てルシオは気を良くしたのか、声のトーンを上げて話し出した。

「えぇ！　それはもう素晴らしい性能です。だてに四重式ではない、と言いましょうか。知り合いが試してみたところ、中級魔法までであれば完全に無効化出来るそうです。上級魔法でも三分の一まで威力を軽減させるそうですよ」

「魔装具《アブソーブ》つよい」

『確かにつよい』

「ですが……欠点もありまして……」

俺とクーガが口を揃えて驚嘆の呟きを発した後、ルシオはバツの悪そうな顔をしてポリポリと頬を掻いた。

「クーガ君から半径約五メートルの範囲内では、一切の魔法が使えなくなるんです。騎乗しているフィガロさんも含めてね」

「そりゃあ……なんとも……」

『マスターであれば魔法が使えずとも、その肉体があります。魔法が使えない事はさしたる問題ではない、と愚考いたします』

「おいおい、買い被りすぎだよ」

「確かにそうかもしれませんね」

「ルシオさんまで!?」

「だってフィガロさんは、剣聖様と同じような技を放てるではありませんか。それだけで貴方が規格外の身体能力を持っていると分かりますよ」

「あ、あはは……」

ルシオの言う技とは、エアリアルリッパーから放つ【クリアスラッシュ】の事を指しているのだろう。

だがクーガに騎乗したまま、【クリアスラッシュ】を放てる剣速まで引き上げるのは、なかなか難しいのではないだろうか。

やけに納得したようにうんうん、と首を上下に動かしているルシオと、良いこと言った！　みたいな顔をしているクーガを見つつ俺はそう思った。

地面に足をつけているか否かでは、剣速に大きな違いが出る。

確かにエアリアルリッパーはめちゃくちゃに軽い。

軽いゆえに制御が難しい。

【クリアスラッシュ】を放てたとしてもまだ正確な場所、狙った場所に放つのは至難の業《わざ》なのだ。

「さて、これで魔装具アブソーブの説明は終了です。何かご質問はございますか？」

「いえ、特に今のところはありません。クーガはどうだ？」

『体の違和感はありますが、質問と思えるものが思い当たりません』

「良かった。もし何かあればいつでも来てくださいね」

「分かりました。何から何まで本当にありがとうございました」

そう言って、俺とクーガは堂々と店の裏口から出ることにした。

裏口から出るのが堂々としているのか？　と聞かれると、何とも言えないのだが、無用なトラブルを避けるためには回り道も必要なのだ。

さて、組合に向かう前に、アブソーブの効果範囲外から、シャルルへ連絡を取ろう。

「聞こえる？　シャルルおはよう。今は出れるか？」

『おはようー！　今はちょっと公務中だから難しいわね……一時間後なら少し時間取れるわ』

「分かった、じゃあその時に。一時間後なら自由冒険組合にいるからまた連絡してくれ」

『分かったわ！　じゃ！』

ウィスパーリングを切った後、言われた通り、一時間後の時刻を、腕につけた時刻盤で確認する。

この時刻盤、分刻みで時間を把握出来るのでかなり便利だ。腕輪に納まるサイズの中に、どれだけの技術が詰め込まれているのだろうか。

そんな事を考えつつ、裏口からクーガを引き連れて表に出る。

陽光がさんさんと降り注ぐ午前。

道には小型の馬車が行き交い、通行人が疎《まば》らに歩いている。

何人かの通行人がクーガに気付いたが、クーガの身を固める見事な魔装具を見ると、珍しい物を見たような表情をして過ぎ去っていく。

「どうだクーガ」

『は。なんとも感慨深く……こうして日中にマスターと寄り添い、道を往来出来る事を嬉しく思います。私にこのような装具をいただけたこと感謝の極みにございます』

「そっか」

「ままー！　見て！　おっきなワンワン！　おっきいのー！」

道を歩く幼女が母の手を引き、クーガを指差していた。

幼女の顔に恐怖の色はなく、こちらに向かって無邪気に手を振っている。

母はクーガを見て一瞬ギョッとした顔をしたが、それもすぐに引っ込み小さくお辞儀をして幼女と共に去っていった。

これもクーガの身を包む魔装具のおかげなのだろう。

人の手が入っている、というだけで人の恐怖心はここまで抑えられるのかと俺は正直脱帽した。

「はは、ワンワンだってさ。怖がられなくて良かったな」

『私は一応、魔獣なのですが……まぁ……子供の言うことです。ですがあんなに嬉しそうな顔を向けられるとは意外でした』

母子の姿はもう見えない。

しかしクーガは遠い目をして、母子が去っていった場所を見つめていた。

どこか感傷に浸っているようにも見えるその姿は、いつもより少し小さく見えた。

クーガが魔獣に変異する前はデッドリーウルフらしいが、詳しい事は何も分からない。

クーガは自身がデッドリーウルフから変異したと言っていたので、俺はそれを信じている。

意思の疎通が取れるようになり、俺の下僕としてそばに付き従うようになってからもクーガは身の上を語らない。

語る必要もないと思っているのか、過去に触れられたくないのかは分からない。

だがもしクーガ自身から語る機会があるのなら、茶化さずにしっかりと向き合ってやろうと思っている。

なんせクーガはアルウィン家から追放された俺に出来た、初めての仲間であり、相棒なのだから。

しばらくの間、遠い目をして道ゆく人々を見ていたクーガだったが、一度小さく鼻を鳴らし俺の方を向いた。

『マスター、お乗りください』

「うん、行こうか」

鐙に足を乗せ、一気に体を持ち上げて鞍に腰を落ち着けた。

いつものように騎乗しているはずなのに、乗り心地が段違いだ。

座り心地も考慮されているらしく、臀部が当たる部分にはクッションが仕込まれていて、長時間の騎乗でも疲れる事はなさそうだった。

魔装具でがっちりと固められたクーガとそれに乗る俺。

威風堂々とした佇まいは雄々しく、まるで伝説の勇者か、英雄譚に出てくる聖騎士になったかのようだ。

だが、実際そんな事はないので、俺の妄想の中だけに留めておいた。

しばらくクーガに揺られていると、やたら視線を集めている事に気付く。

道ゆく人々は足を止め、クーガを見て様々な反応をしていた。

視線を浴びていると分かったクーガは尻尾を振り、意気揚々と道を進んでいる。

『マスター、私は楽しいです』

「そりゃ良かった。お前にしてみたら初めての街だもんな」

『はい。マスターの影の中も居心地が良いのですが、外の世もまた良いものですね。なんと言っても陽光が気持ち良い』

足を止める人々の中にはクーガを見て感嘆の声を上げる者も少なからずいて、それを聞くと自分のことのように嬉しく感じる。

子供達はクーガを指差して楽しそうに親と話し、俺が手を振ると、大きく手を振り返してくれた。

組合に辿り着くまでに数度、衛兵に出くわしたがその度に敬礼をされて見送られた。

クーガは王宮の兵と何度も顔を合わせているし、アンデッドの大襲撃の時も兵士と力を合わせて戦っていた。

それなりにクーガの顔は知られていたのだろう、と俺はこの時思った。

『マスター、到着です。ここは私も入ってよろしいのですか？』

「ん、それは聞いてなかった。ちょっと聞いてくるからここで大人しく待っていてくれ」

『承知いたしました』

自由冒険組合の門前でクーガから降り、手綱を手近な木へ括り付けた。

そんな事をせずともクーガはどこにも行かないと思っているし、木に括り付けたところで何の縛りにもならないのは分かっているのだが、他人の目というものがあるので体裁《ていさい》を整えるための処置だ。

「すいません、昇級試験の申請をしに来ました」

「はいはいいらっしゃ……い！　いらっしゃいましぇフィガロ様！」

受付嬢に声をかけると、何やら事務処理をしていたらしく途中までは視線が手元に向いていた。

声をかけてから数秒後、態度を急変させた受付嬢が上ずった声で見事に噛んだ。

以前ドレイゼン王からの書状を預けた受付嬢とは違う女性だったが、この人とも何度か言葉を交わしたことがある。

「覚えてくれたのですね、ありがとうございます。外に従魔を待たせているのですが、中に入れても構いませんか？」

「もちろん覚えております！　王族の関係者様を忘れるわけがございません！」

「ちょっ、声が大きいですって」

「すみません……従魔クーガですか？　話は聞いておりますので大丈夫ですよ、ですが威嚇行為などは厳禁ですのでお気をつけください」

「分かりました、ありがとうございます」

受付嬢に言質《げんち》を取ってから外へ出てクーガの手綱を木から外し、ゆっくりと扉を開いた。

ざわついていた組合ホールが一瞬にして静まり返る。

扉を開いてすぐのホールには多数の冒険者が集まっており、依頼掲示板を見たり奥の歓談席で情報交換をしたりしている。

歓談席では五人の男女が座っており、その周囲に数人の冒険者が取り巻きのように立っていた。

クーガを見た瞬間、ホール内にいた全ての冒険者達が皆凍ってしまったかのように固まってしまった。

「フィガロ様、それではオルカ支部長の部屋へどうぞ」

「はい。ありがとうございます」

受付嬢に言われるがまま、硬直しながら視線を送ってくる冒険者達を横目に、クーガの手綱を引きながら俺は以前お邪魔した部屋へと急いだのだった。

「久しぶりだなフィガロ、クーガ君、元気そうで何よりだ」

部屋に入るとオルカが執務席に座って書類に目を通しているところだった。

規格外の筋肉を押し込んでいる椅子がギシリと悲鳴を上げている。

大きめの椅子のはずなのにオルカが座っていると小さく見えるから不思議だ。

「オルカ支部長も相変わらずの筋肉ですね」

『この前は迷惑をかけて申し訳なかった』

俺の後に続いて入室したクーガが頭を下げた。

オルカは書類を机に置き、立ち上がってポージングを決めて笑った。

「そうだろう？　毎日の規則正しい食事とトレーニングでこの体を保っている！　ムッハァ！　とまぁ以前のことに関してはクーガ君が気にする必要はない、座りたまえ」

「勉強になります。ところで今日は昇級試験を受けに来たのですが」

オルカに促されるままカウチに腰をかけ、クーガを後ろに座らせた。

対面に座ったオルカは腕を組み、俺の申し出に対して渋い顔をする。

「うむうむ。シャルル王女様にはお伝えしたが、今日は試験というより話をするつもりで軽く考えてくれて構わない。フィガロの功績は全て陛下よりお伺いしている。本来ならば今すぐにでも白金等級《プラチナム》やミスリルに上げてもいいのだが何ぶん規則がな……だが特別措置として三等級即進制度というのがあるのだが、これは少々危険が伴う」

「やります」

「まだ何も言っていないのだが……そう言うと思っていたよ」

苦渋の顔から一転、カラカラと笑うオルカを見て、先ほどの表情は演技だったと知った。

「明らかに実力のある人物というのはなかなかいない。皆実戦を経験し、鍛錬を積み、少しずつ強くなっていくからだ。だが稀に特別な環境で生まれ育ち、常人とは隔絶された実力を持つ者が組合の門を叩く事がある。其奴《そやつ》らのために考案された特別措置、それが三等級即進制度。これを受ければ、通常の三倍のスピードで昇級する事が可能だ。しかしその分、危険も伴う、ゆえに観測官として組合側が準備した人員と共に、組合の提示した条件をクリアしてもらう。もちろん観測官は手出ししない、彼らは見極める事が仕事なのだからな」

「なるほど……その条件というのはなんでしょう？」

オルカは俺の目をひたと見つめ、しばらくの沈黙の後、ゆっくりと口を開いた。

「迷宮《ラビリンス》踏破、だ」

「迷宮《ラビリンス》……」

ごくり、と生唾を飲む音が聞こえたが、それが自分の発した音だと気付くのに数秒かかった。

俺の態度を見てオルカはニヤリと不敵に笑い、先を続けた。

「自由冒険組合ランチア支部は現在二つの迷宮《ラビリンス》を保持、管理している。フィガロにはそのうちの一つへ潜ってもらう。もちろんパーティメンバーを連れていっても構わない。聞けばフォックスハウンドなるパーティを設立したそうだな。パーティで潜れば自動的にパーティメンバーにも特別措置が適用される」

「それは喜ばしい事です。我々はいち早く上を目指すと約束しておりますので」

「結構。その迷宮《ラビリンス》の名は【ヴァリアントの回廊】。約十年前に発見され、組合の管理下に入ってからも成長を続けている地下迷宮《アンダーラビリンス》だ。現在確認されている回廊の階層は地下八十五階層までだが、そこまで行ってもらう必要はない。十五階層まで潜ってくればいい」

「分かりました」

「……何か質問は？」

「何が必要なのか、ぐらいですかね」

「怖くはないのかね？」

「怖いどころかワクワクが止まりませんが？」

「はぁ……」

俺の返答にオルカは困ったように頭を掻いた。

何かおかしな事を言っただろうか。

「若さゆえの勢いか、実力に裏打ちされた度胸か、フィガロはそのどちらもなのだろうな。必要な物は回復薬、携帯食料、水くらいで充分だ。他はこちらで手配する」

「褒め言葉と受け取っておきます。分かりました。それで日程は？」

「明日の昼前には出発だ。遅れるなよ？」

「分かりました」

オルカとの会話が途切れ、数秒の沈黙が部屋を支配した際に腕に嵌めた時刻盤へちらりと目をやる。

そろそろ、だな。

「それではオルカ支部長。この前言っていたもう一体の従魔をお見せしたいと思います」

「お？　おぉそうだったな。とんと忘れていたよ、寄る年波には勝てんなぁ！　はっはっは！」

一瞬目を丸くさせたオルカは照れ臭そうに豪快に笑った。

寄る年波と言うほどの歳じゃあないように見えるが、実際はどうなんだろう。

そんな事を考えていると、ポーチに入れていた木像から光が漏れ出てくる。

ポーチから漏れ出た光の帯がゆっくりと姿を変え、デフォルメされたぬいぐるみのようなシャルル狐が、俺の膝の上に姿を現した。

『コンコーン』

「これ、が従魔……なのか？」

膝の上に具現化したシャルル狐はすっくと立ち上がり、一声鳴いた。

コンコーン、じゃないよ。何をやっているんだシャルルは……そんな鳴き声で鳴くモンスターなんていないだろ……。

鳴き声が決まらなかったのか、これでいいと思っているのか。

小一時間は問い詰めてやりたいが、今はそんな場合ではない。

「いやはやなんとも……不思議な姿をしている……まるでぬいぐるみのように可愛らしい」

「あは……ははは……」

「てっきりクーガ君のような大きな存在かと思っていたが……なるほどなるほど……これならば警戒する必要もなさそうだ。連れて歩いても問題ないぞ」

愛玩《あいがん》動物を見るような目をして、柔和に笑うオルカ。

綺麗なサムズアップでシャルル狐の許可が出た。

シャルル狐は嬉しそうに体を震わせた後、俺の体を伝ってクーガの頭の上に飛び乗ってお座りしている。

その顔はどこか誇らしげに見えたがきっと気のせいだろう。

「それとな……ここだけの話なんだが……」

「なんですか？」

シャルル狐から俺へと視線を戻したオルカは、神妙な顔をしながら話を切り出した。

「実は少し……問題があってな」

「はぁ……？」

「我がランチア支部に在籍する高等級の冒険者は少なく、ミスリルが関の山、しかも一パーティしかおらん。だが白金《プラチナム》等級以下は多数在籍しているのが現状だ」

「それが何か問題でも？」

「うむ……実はそのミスリルのパーティが不正を働いている可能性が高いのだ。もっと詳しく言ってしまうと……ミスリルのパーティ【スカーレットファング】が有望な冒険者達を潰して回り、他のパーティがミスリル以上の等級に上がるのを阻止しているのではないか、という事だ」

「なんですって⁉　それに何の得があるんですか！」

オルカの口から出たのは到底信じがたい話だった。

思わずカウチから立ち上がり、声を荒らげてしまう。

「端的に言ってしまえば、利益の独占や覇権の掌握だろう。組合側としても、これが事実なら処罰せざるを得ない。だが相手も一筋縄ではいかずなかなか尻尾を出さんのだ」

オルカは深い深いため息を吐き出し、事の顛末を語ってくれた。

きっかけは匿名の手紙だった。

手紙の内容は簡単に言ってしまうとスカーレットファングのメンバーに囲まれ、人質を取られ昇級試験を受けないよう脅《おど》された、という内容だったらしい。

スカーレットファングがミスリルに上がったのは数年前のこと。

そしてその頃から、ミスリル以上の等級保持者が出なくなり、スカーレットファング以外にいたミスリルのパーティも他国へと移籍していったという。

仮にスカーレットファングが妨害工作や恐喝、実力行使で昇格を阻害していたのなら、ミスリル以上の冒険者が出てこないのも辻褄が合う。

手紙の内容を鑑みて、組合が水面下で独自に調査を続けた結果、スカーレットファングは裏社会の組織と繋がっている事が判明したらしい。

しかしながらそれを証拠として突き付けるにも内容が薄すぎて決定的にはならないそうだ。

報酬を支払い様々な工作を行い、最悪な場合、命を奪うこともあったのではないか、と嘆くオルカ。

聞き込みによれば、以前クーガが遠吠えで低等級の冒険者を失神させてしまった際、この部屋に飛び込んできた白金《プラチナム》等級のパーティも、スカーレットファングから度重なる嫌がらせや恐喝を受けていたらしい。

彼らも彼らで、のらりくらり躱《かわ》しているそうだ。

「なんて卑怯な……」

「そう……実に嘆かわしいことだ。本来あってはいけない事態だが我々も手を拱《こまね》いているのが現状、どうにかしたいが明確な証拠がない。そこでだ」

「私に囮《おとり》になれ、ということですか？」

「……そうだ。本当に申し訳ないと思っている。情けないとも思っている。だがフィガロの協力があれば、いち早く解決出来る。他力本願なのは重々承知の上だ。しかしこれ以上冒険者達に辛酸を舐めさせたくないのだ……」

「ですが私はまだ十等級《ルーキー》で……」

「あぁそうだ。だからフィガロをこの一ヶ月間で白金等級《プラチナム》まで押し上げる。そうすれば新進気鋭の実力者パーティとしてスカーレットファングの目に留まるはずだ」

「私を餌に誘い出して押さえる、ということですね」

「もしかしたら……それ以前に絡んでくるかもしれんがな」

「クーガ、ですか」

「うむ。このランチア守護王国、及び周辺国家には、クーガ君のような大型従魔を従えている冒険者はいない。奴らとてそれは知っているはずだ。従魔を従える事の意味も、な」

『この私が……餌……クックック……面白い、やってやろう。魂の欠片《かけら》も残さずに食い尽くしてくれるわ』

背後でクーガの気配が膨れ上がった気がした。

クーガを盗み見ると、微かに開いた口の先からチロチロと赤い炎の帯が漏れ出ている。

今の俺は肩口まである髪をポニーテールのようにまとめており、首筋が剥き出しになっているのだが、その首筋から後頭部にかけてのあたりがクーガの炎の熱でチリチリとひりつく。

敵がスカーレットならこっちはインフェルノだな、と敵ながらに同情を感じざるを得ない。

そんな荒ぶるクーガの頭を、シャルル狐がぽふぽふと叩いていた。どうやら宥めようとしてくれているようだが、とても可愛らしい。

『矮小な人間の分際でファングとは片腹痛い。本当の牙という物を見せてやろうではないか……』

「ちょ、ちょっとクーガさん？　一触即発みたいになってるけど今じゃないからね？　どうどう」

『申し訳ありませんマスター。つい』

つい、で俺の後頭部を焼かれたらたまったものではない。

申し訳ありませんと言う割には、未だに背後で小さく唸り声を上げている。

俺の首筋はクーガの口から漏れ出る灼熱《しゃくねつ》の炎が当たり、若干痛みを感じるくらいだ。

髪をまとめていたのが仇《あだ》となったか、いやでも髪を下ろしていたら燃やされていたんじゃ……？

自分の頭がクーガの吐息によって燃やされる想像をして、内心震えてしまった。

「クーガ君がやる気なのは分かったが、くれぐれも殺さないようにしてくれよ？」

『ぬ……まぁ……よかろう』

オルカが念を押すようにクーガへ語りかけた。

クーガは不満そうだったが、不殺《ころさず》を約束してくれた。

ミスリルがどの程度の強さかは分からないが、クーガが後れを取る事はないだろう。

いざとなれば魔装具を外せばいい。

その前に俺が倒してしまうかもしれないが。

「そして現在、スカーレットファングは討伐依頼を終えて、市街地に戻ってきている事が確認されている。いつも下等級の冒険者達を取り巻きとして連れているから分かりやすい」

「取り巻きって……なんか勘違いしてませんかそのスカートなんとかって人達」

「うむ……しかし実力は間違いなくある。依頼もしっかりこなす。ただ横柄《おうへい》な態度と粗野な言動が目立つ。やるべきことをやり、尚且つ表面上では大したトラブルも起こしていないのでな……こちらとしては注意するくらいの対応しか取れないのだ」

オルカは深いため息を吐いてカウチの背もたれに体を預けた。

私利私欲を満たす手段として冒険者の立場を使う。

俺の憧れた冒険者像をスカーレットファングに踏《ふ》み躙《にじ》られた気がして、少し心がざわつく。

裏社会の人間と繋がっているとオルカは言っていたが、裏社会の人間そのものなのかもしれないと俺は考える。

なぜかと聞かれても、ただの勘だとしか言えないのだが、何となくそんな気がする。

「分かりました。仮に向こうからしかけてきた場合、降りかかる火の粉は払ってよろしいのですね？」

「うむ、それは構わない。ただ……」

「大丈夫です、殺しはしません。無下に命を奪う事は八つの遵奉に背きますからね」

「分かっているならいいんだ。きちんと報告も頼むぞ？　連絡、報告、相談が大事だ」

「分かっていますよ」

「とりあえず今回は、面談による昇級が確約されている。下で九等級のタグをもらうといい」

「え？　明日迷宮《ラビリンス》に潜って、三等級上がるのではないのですか？」

「違う違う、今日は九等級に上げるための建前上の面談だ。なので迷宮《ラビリンス》から出てきた時に、晴れて六等級に昇格だ」

「あぁ……なるほど。分かりました」

「うむ。ではこれにて面談を終了する。何か質問はあるかな？」

「いえ、ありません、大丈夫です」

俺がそう返すとオルカはカウチから立ち上がり、手を差し伸べた。

ゴツゴツしたゴーレムのような手を握り、握手を交わした。

部屋から出る際、オルカが小さく「迷惑をかけてすまない」と呟いた。

「問題ありません」

扉に手をかけていた俺は振り返る事もせず、そう答えた。

拉致の後には不穏分子の囮役、か。

つくづく俺はトラブルに好かれているな、と自虐的に笑う。

『マスター？　何がおかしいのですか？』

「何でもないさ。また忙しくなりそうだなって思ってさ」

『マスターの行く所、このクーガ、全身全霊を賭してお供する所存でございます』

「うん。ありがとう。しかしスカーレットファング……か。卑劣なミスリルの方々は何をしかけてくるんだろうな」

『マスターであれば、そのような有象無象など歯牙《しが》にもかけず薙《な》ぎ払うであろうと、私は考えます』

「あはは！　そうだな！　冒険者の風上にも置けない人達だ。ばしっとやってやろう」

『さすがですマスター！』

尻尾を緩く振るクーガと軽口を叩きながら廊下を歩く。

だが俺の心は、吐き出した言葉とは裏腹に複雑な気持ちだった。

なぜそんな事をするのか、そんな事をして楽しいのか、と――。

第10回アルファポリス
ファンタジー小説大賞 **優秀賞**受賞作!

高校生の天坂《あまさか》風舞輝《ふぶき》は、同級生三人とともに、異世界へ召喚された。だが召喚の途中で、彼を邪魔に思う一人に突き飛ばされて、みんなとははぐれてしまう。そうして異世界に着いたフブキだが、神様から、ユニークスキル「ナビゲーター」や自分を突き飛ばした同級生の分まで加護を貰ったので、生きていくのになんの心配もなかった。食糧確保からスキル・魔法の習得、果ては金稼ぎまで、なんでも楽々行えるのだ。というわけで、フブキは悠々と同級生を探すことにした。途中、狼や猿のモンスターが仲間になったり、獣人少女が同行したりと、この旅は予想以上に賑やかになりそうで――

1~5巻好評発売中!

◆各定価：本体1200円＋税　◆Illustration：絵西（1巻）トクナキノゾム（2～4巻）みく郎（5巻～）

人助けをしながら異世界をとことん満喫する!

無限の可能性を秘めた神童の異世界ファンタジー!

神様のイタズラによって命を落としてしまい、異世界に転生してきた銀髪の少年ラルク。憧れの異世界で冒険者となったものの、彼に依頼されるのは冒険ではなく、倉庫整理や王女様の家庭教師といった雑用ばかりだった。数々の面倒な仕事をこなしながらも、ラルクは持ち前の実直さで日々訓練を重ねていく。そんな彼はやがて、国の元英雄さえ認めるほどの一流の冒険者へと成長する――!

1~3巻好評発売中!

◉各定価:本体1200円+税　◉Illustration:パルプピロシ

この作品に対する皆様のご意見・ご感想をお待ちしております。

おハガキ・お手紙は以下の宛先にお送りください。

【宛先】

〒150-6005東京都渋谷区恵比寿4-20-3恵比寿ガーデンプレイスタワー5F
（株）アルファポリス　書籍感想係

メールフォームでのご意見・ご感想は右のＱＲコードから、
あるいは以下のワードで検索をかけてください。

アルファポリス　書籍の感想　検索

ご感想はこちらから

本書はWebサイト「アルファポリス」（https://www.alphapolis.co.jp/）に投稿されたものを、改題、改稿、加筆のうえ書籍化したものです。

欠陥品《けっかんひん》の文殊使《もんじゅつか》いは最強《さいきょう》の希《き》少職《しょうしょく》でした。3

登龍乃月《とりゅうのつき》　著

2020年1月6日初版発行

編集－宮本剛
編集長－太田鉄平
発行者－梶本雄介
発行所－株式会社アルファポリス
〒150-6005東京都渋谷区恵比寿4-20-3恵比寿ガーデンプレイスタワー5F
TEL 03-6277-1601（営業）03-6277-1602（編集）
URL https://www.alphapolis.co.jp/
発売元－株式会社星雲社
〒112-0005東京都文京区水道1-3-30
TEL 03-3868-3275
イラスト－我美蘭
URL https://www.pixiv.net/member.php?id=2003931
デザイン－AFTERGLOW
印刷－図書印刷株式会社

価格はカバーに表示されてあります。

落丁乱丁の場合はアルファポリスまでご連絡ください。

送料は小社負担でお取り替えします。


ISBN978-4-434-26893-9 C0093